梦想，一言为定

一个文艺少女的逐梦之旅

刘芮言 著

长江出版社

王小帅 中国内地著名导演

指导的影片多次在国际上获奖，其中《青红》获得第 58 届戛纳电影节评委会大奖，《左右》获得第 58 届柏林国际电影节最佳编剧银熊奖和“特别关注”奖。2018 年 2 月，担任沃苏勒亚洲国际电影节评委会主席并获得终身成就奖。

序

在 2016 年北京电影节组织的一个影迷分享会上，我记住了芮言这位对电影真诚又执着的少年。她在发言时分享了她为“新疆内地班”的新疆学子做志愿者的经历。分享会结束后她主动找到我，跟我聊起了电影并分享了她对电影的一些想法。她说，想成为一个优秀的导演与编剧，首先要善良有真情真爱，还应该像一棵树那样牢牢扎根在生活之中，汲取养分。在她身上，我看到了她对电影真挚的热爱和崇拜。从那之后，我便记住了这个心中有着电影梦的女孩，并一直跟她保持着联系。她经常跟我分享一些她的想法，后来我得知由于中国的高中重视应试教育而极度缺乏艺术培养的课程，为了自己的电影梦，她放弃了中国的高考与高中教育，远赴美国艾德怀艺术高中就读电影系。

一个当时只有十六岁的少年，远赴他乡求学，为一个对中国女孩来说，更加困难、孤独的梦想，其中的艰辛，只有自己知道。作为同样是电影工作者的我来说，我非常理解这种不同寻常的艰辛，但同时也非常支持她的这个决定。大多数人做的是台前闪闪发光的明星梦，而不是幕后的导演梦、编剧梦。所以，我很感动于芮言的坚持，也相信她未来会做得更好，因此我不厌其烦地给她一些有关电影方面的指导意见并指导她拍摄一些电影短片。

芮言在准备自己编写的剧本 *Silent Night* 的时候经常向我分享创作灵感和经历，她很认真地听取了我的一些意见并且加入了自己的想象，经过不断的打磨后，她的剧本完成的质量非常高，画面感非常强，光看剧本，我就可以想象得到这会是一部好电影。最近，我还受邀观看了她自己编剧、导演、剪辑的处女作影片 *Silent Night*。镜头的剪辑与背景音乐的配合恰到好处，故事的叙述一气呵成。我知道，这背后，她一定是付出了超越常人的努力。

我想，芮言可以成为一名好导演和好编剧。这也是我鼓励她去美国求学、勇敢追求梦想的原因，她就像一块璞玉，虽然有才华有梦想，但仍然需要精心打磨。她还需要在更广阔与更专业的平台求学，与更多热爱电影的人交流，并接受不同的碰撞融合，羽翼才能逐渐丰满。

最近芮言把她求学的故事写成了一本书，我很为她高兴，但这本书只记录了她梦想的起点，我万分期待着芮言学成归来时，可以真正为中国的电影事业贡献一份力量。

我想要的生活

我一出生就喜欢闪闪发光的东西，而光的世界就是电影。

是的，我在很小的时候就爱上了电影，而当我长大，我开始用相机来记录生活中的某些东西。我梦想着成为一名导演，就像 2013 年获奥斯卡最佳导演奖的李安那样，因为他完美地演绎了无数种生活，深深地触动了我的心，使我坚信，电影将会成为我生命中不可或缺的一部分。

我的另一个兴趣是环游世界，我想去我从没有到过的地方，洗涤我的心灵，呼吸自由的空气。有人曾说："身体和灵魂，应该有一个在路上。"我想去不同的国家体验不同的生活，没有束缚，我就是我。我想去威尼斯，据说威尼斯将在 100 年后沉没，但这样一个极美好的地方，它的美丽应该被人永远地记录下来，而我将会成为这个人。

然而，我的相机无法很好地帮助我表达自己的感受和故事，所以我需要从美国接受更好的教育。尽管中国电影取得了很大的进步，但我仍然认为这还远远不够。为什么呢？因为仍缺乏一些可以触及人们灵魂的东西。在我看来，电影是一种生活表演，只有发自内心才能触动我们的灵魂。不得不说，美国艺术家们在这方面造诣颇深，他们能够真正理解电影该表达的内容，比如《阿甘正传》和《雨人》。留学 NYU、USC、UCLA 这三所美国电影牛校是我学习生涯的梦想，我想在将来主修导演或编剧专业，诠释我的生活和我们这一代人的青春。

还有一件最为重要的事，那就是爱。我因爱而来到这个世界，我就有责任去传递这份爱，爱是世界上最珍贵的东西。有人说："哪里有爱，哪里就会有奇迹。"如果没有爱，我也无法实现自己的梦想。

我可以说：我将穷极一生去追求爱、兴趣、自由和教育，用光影去呈现我想要的生活。

The life I want to live

I like something that is sparking when I was born. And the world of light is movie.

Yes, I fell in love with movie when I was very young. When I grow up, I'd like to use camera to record something in our lives. I dream to become a director, like Ang Lee, who got the Academy Award for Best Directing in 2013. He expressed so many lives successfully and really touched my heart. Therefore, movie will certainly become a part of my life.

My another interest is to travel around the world. Step to the places that I haven't been to, fresh my mind, breath the free air. I have heard someone said: "Either your body or your soul should be on the way." I want to step different countries to experience different lifestyles. Nothing could constraint me. I am who I am. For example, Venice. It is said that Venice will sink 100 years later, but it's really a fantastic place. The beautiful scenery there should be recorded by someone forever, and I'll be the person.

However, my camera cannot help me present my feeling and stories well, so I need to receive better education from America. Although the movies in China have made great progress, I still don't think that is enough. Why? They lost something that can touch people's soul. In my opinion, movie is a kind of life show. Only the things out of hearts can touch our soul. I have to say that American artists have done a good job. They can really understand what the movie wants to express, for example, Forest Gump and Rain Man. I want to major in director or screenwriter in the future and express my life and the youth in our generation. Studying in NYU. USC or UCLA, is my dream on the educational life.

Above all, there is an important thing that I can't ignore, that is love. I came to this world because of love, and one of my responsibilities is to pass on this love. Love is the most precious thing in the world. Someone said: "Where there is love, there are always miracles." I can't make my dream come true without love.

Taking what has been mentioned above into account, I may arrive at the conclusion that love, interest, freedom and education are the things that I will pursue all my life and I'll express them with movies. That is the life I want.

Contents

目 录

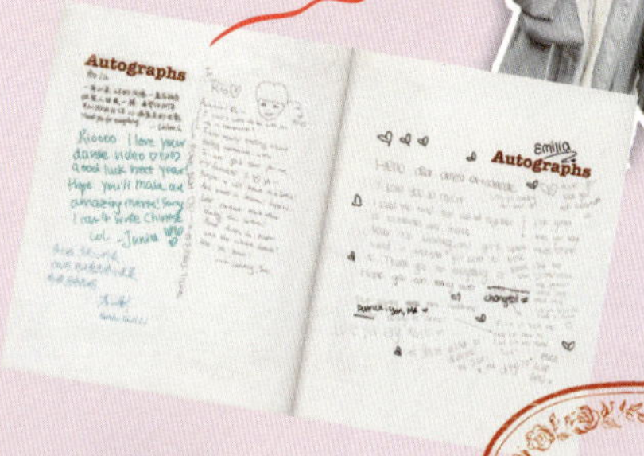

Thank you

日记篇

影评篇

留美生活篇

后记

Mr. Xiong
2015
剧终
2012
李晨
做清洁!
第四节，按揉风池穴
Mr. Xiao
Mr. Lin
We Are FAMILY
Mr Xiong
Mrs Bao
Mrs Wang
大名：刘尚言
星座：巨蟹座
理想：导演 编剧
爱豆：汤姆·克鲁斯
爱好：看书 看电影
STUDY JUICY

Dairy

No.1

日 记 篇

倘若我能够在未来的人生路上继续守望着你，
并能用自己的力量继续缔造你亘古不变的美丽，
那么，我确信，
我会是这个世界上最幸福的人。

致电影的一封信

伟大的电影：

你好！

截至与你开始交流的这一刻，我遇见你已经七年六个月零三天了。自5岁生日时父母带我去看了人生中第一场电影，我与你的缘分就此开始。

随着爱迪生发明了第一台放映机，并为你取了这个浪漫且富有诗意的名字，人类历史上的第七大艺术——电影，便由此诞生。银幕上的画面不断地变化着，从未停歇，犹如一个个梦境，引领着我，踏入那个我从未涉足过的、遥远的世界。真善美、假恶丑在这里得到最完美的融合、最真实的体现。你拥有着如此庞大的家族，实实在在地影响了我的人生。

不会忘记第一次看《辛德勒的名单》这部电影，它改变了我的世界观。从小就听父辈讲着“狼来了”的故事，看着电视上一个个被抓获的犯人，我的心充满了对社会的恐惧、担忧……不觉间失去了对世界的信任。可是看完它，我被震撼了。目睹辛德勒一次次地救助犹太人、为他们提供吃住和保护，我的希望复燃，只要有辛德勒这样的人存在，我就有理由对这个世界充满信心。

时光穿越到现代，看过李安导演的《少年派的奇幻漂流》，又有一种别样的感受。它体现的是一种对人性的思考，对信仰的诠释，对精神欲望的发掘。拍电影要学会“留白”，这一点李安做得很到位。电影告诉了我们两个故事，一个残忍但现实，一个美好却虚幻。虽然至今不知道哪个是真实的，但我想，这不重要。你相信哪一个，哪个就是真实的。这取决于你潜意识中对人性的看法。当看到派在暴风雨中疯狂质疑自己的信仰时，我也不禁皱眉思量，什么是我的信仰？我在追求什么？我相信，这会随着人事沉浮给出注定的答案。

当又一次在某本电影杂志中看到《雨人》的海报——那对走在林荫道上的兄弟俩时，我的心田瞬间被一股暖流浸润了，不知不觉陷入了回忆……主人公查理和许多现代人一样，崇尚拜金主义。为了钱，他可以不择手段，甚至将患有自闭症的哥哥开车接回洛杉矶，只为继承去世父亲留给哥哥的三百万美元。而在经历风风雨雨，结束归程后，他的价值观已悄然发生改变，他被哥哥不经意流露的关爱感化，从而放弃了争夺抚养权，并在哥哥额头上印下一个吻。那个吻，不仅吻在哥哥头上，更吻在我的心里，点亮了我的价值观，让我意识到对人生来讲最重要的，是那滋滋的温情……

当人们问大导演比利·怀尔德，什么可以使一部电影变得难忘时，他的回答非常简洁“一点点魅力”！是的，魅力，它不仅改变了你，更通过你改变了我。很多人认为你只是一种视觉享受，不！你带给我的是一面明镜，是别人的人生，从这些人生中，我可以照见自己。是你，引导我在黑暗中求索，发掘，走向人生真正的光明。

倘若我能够在未来的人生路上继续守望着你，并能用自己的力量继续缔造你亘古不变的美丽，那么，我确信，我会是这个世界上最幸福的人。

2013 年 3 月 30 日

一名热爱电影的中学生

《辛德勒的名单》电影海报

CARTE PO

Nom :

Rue

No

《少年派的奇幻漂流》剪报

2016/4/15

PM 11:26

>▽<

北京国际电影节

抵达北京西站。

之前来过北京很多次，几乎都是观光。这次不一样了，是为了北京国际电影节。

第二天我很早就起了。参加晚上的开幕式之前，先去看了一场北京国际电影节的电影，《流浪的迪潘》，今年三大热门影片之一。

电影题材很好，讲的是三个不相关的普通印度人，为了混到一家三口的护照移民法国拼成了一家人，来到法国以后继续伪装成一家人过着越来越好的生活，而平静的外表下，隐藏着黑社会的威胁和每个人人性中涌动的暗流。

电影的格调和节奏也把握得非常好，从镜头的剪辑、切换的每一帧，到具体的画面构图和冷色调的打光，都让人舒服而专注，大概这就是所谓的艺术张力。看完电影有太多感触，从小到大在电影院看过很多电影，却很少看到真正经典的好片。我终于明白为什么电影院会存在，一部真正好的电影，每一个细节的效果和整体氛围都会在银幕上无限放大，如果只是在手机或者是电脑屏幕前观看一部佳片，是无法体验到那样的深度和广度的，其后果无异于毁了这部片子。

欧洲国家在艺术方面的造诣确实很高，他们的电影在风格和特点上都体现出这是出自一个有文化背景的国度，而中国这样文化艺术历史极悠长的国家，拍出好电影有着得天独厚的条件。

在观看了这样一部法国电影以后，我几乎打开了欧洲艺术电影一扇新的大门。

2016/4/16

PM 9:31

抵达雁栖湖国际会展中心

天色很好，有点冷，风使劲吹。

我没有机会进入到红毯拍摄区，于是只好站在小山包上扛着单反拍摄。

虽然很辛苦，但收获的快乐远远比劳累要多。

看着那些耀眼的明星们从闪光灯下走过，而他们又真真切切地出现在自己的镜头里，定格在自己的画面上，是一种非常棒的感觉。

开幕式很精彩，我最喜欢的刘烨和娜塔丽·波特曼在灯光下那么耀眼，能自如地讲话，随意地逗乐，让人感觉潇洒极了。

然而最大的感觉却是一种深深的距离感和无力感。很正常吧。他们是那么好的、受万众瞩目的人，所以我也希望自己能够努力变好，希望能够有机会，凭着自己的专业实力告诉他们，我很欣赏你。

我有一个习惯，就是每当电影预告片或者正片放完，而这部电影又拍得很好的话，我会静静地等到导演的名字出现在大屏幕上，注视

着它出现又消失。这个过程给人带来的冲击力是非常大的。

你会想，刚才给我带来这么美的画面的、这么深刻的体验的人就是他啊。而对于一个导演而言，自己呕心沥血拍摄出来的作品展映在公众面前，自己的名字能够跟随作品出现在大众视野中，应该是对自己最好的嘉奖吧，这种成就感和满足感，一定是无与伦比的。

2016/4/17
PM 10:20

参加《我的战争》发布会

我的初衷是去看刘烨的，越接近，越喜欢，这是优秀的人的魅力。

同时，这也是我第一次参加电影发布会，看着主创团队在所有媒体面前宣布他们的电影即将上映，笑着谈论他们当时含辛茹苦拍摄的作品，只觉得这便是我最憧憬的一种人生了。进入这个行业，拼尽全力拍出作品，为公众所知，这个过程，最令我神往。

此次北京之行，最大的收获是看到了从未见过的风景，无论是电影艺术的境界还是国际舞台的宏阔，都让我更加坚信，电影是值得我追求一生的事业。

I am king of the world!

2016/7/3

PM 11:26

TT ω TT

高中电影夏校

第一次一个人去一个完全陌生的国度，一切都要靠自己，说实话，我是既怕又紧张的。但那又怎么样呢，事已至此只能硬着头皮上了。

出发的过程比我想象的要顺利得多，看航班、过关、出境、登机一气呵成，没那么顺利的，是我没意料到的离愁别绪。

坐上机场大巴，车窗外，爸爸就站在那里，车子发动驶离的时候，我突然觉得心酸，好像离开了一个最坚实温暖的港湾，开始了孤零零的漂泊。艰难地挥了一下手，眼泪在眼眶里打转，我拼命地眨着眼睛，眼泪最终还是没有掉下来。

在安检口与妈妈分开的时候，我强压着各种感觉，因为我知道这时候绝对不能情绪化，否则我会失去最后一丝勇气。在离开安检走向登机口的时候，我回过头去看妈妈，她远远地站在那里，突然觉得她特别的娇小脆弱，鼻子一下就酸了。我赶紧转过头看橱窗里的商品，急急地走了。

我想，如果有一天叫我演哭戏，我只需要在脑海里想象这两个画面，眼泪就会畅快地流下来。

第一次出发的机票

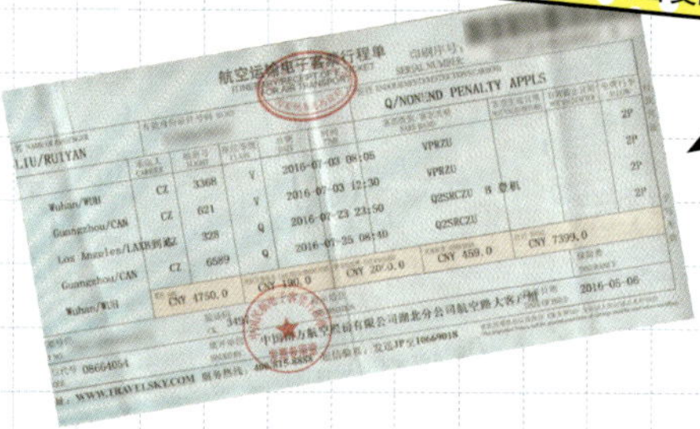

2016/7/4

PM 10:11

两天的旅程，最大的感想就是，飞机上的饭蛮好吃。噢还有，坐摆渡的小车真的特别爽！

学校在一座“热带雨林”的中央，海拔高而且气候干燥。Stuff 跟我们说遇到蛇了要慢慢后退，不要惊动它。风景很美，有靠人脚踏出来的一条条小路，零散坐落的古朴校舍，还有原始的篮球架和足球门框，让我担心一不留神球就会掉到山下去。

吃了晚餐，奶酪番茄包牛肉，简单粗暴，无怪世界上从没有美国大餐这一说。

晚上开集会，所有的 Stuff 都特别活跃，他们讲起话来具有强大的感染力，肢体语言活泼生动，富有动感，一举一动都有特殊的韵律，这是中国人所不擅长的。

每当一个 Program 负责人被介绍出来，他们用开玩笑的语气介绍自己的 Program，底下总是有热烈的鼓掌声和口哨声，气氛好得不能再好。我觉得，这些人都很酷。他们的酷往往来自一种于世俗之外的洒脱，和因强大丰富的精神世界而凝聚成的气团。

我想成为他们这样酷的人。

Fly DREAMER

2016/7/5
AM 12:16

记录filmmaking的第一天

Welcome!

首先，我想说我被冻醒了两次，加州的破烂天气，白天无敌热，晚上无敌冷，我恨不得把自己叠起来睡觉。拍下来加州太阳刚升起时透过树影的一束光，是不是很美？其实是我六点多冻醒了睡不着躺床上拍的，加州的鬼天气！

我很早来到了教室，教室的内部环境非常好，简直就是一个电影工作室，从各种摄影器材镜头道具到 ControlRoom、EditingRoom 应有尽有，我只能说，awesome！假如每天都能够在这种环境中泡着，为一部作品倾尽全力、废寝忘食，一定是梦幻般的体验。今天课上大部分的时间都在介绍和聊天，还有为自己的剧本想 idea 并分享。

大多数老师都是美国电影大学的任教老师，他们谈起对电影的想法就仿佛有一根手指在我脑海里点拨，原本纠结不清的地方便明晰起来。

印象很深的一段，是一个老师说他有个习惯，特别喜欢的电影会看个几十遍，对每一个情节画面了如指掌。神奇的是，你不会感到厌烦，反而每次都有新的体验，最后放着电影让声音传进耳朵，人却可以做其他事情，画面在脑海中流过，将会是一种 amazing 的体验。

关于剧本只想了 idea，还没有在电脑上打出来。在每个学生心中，都有无数千奇百怪的想法，无形中我感觉到一种压力，好在老师听完以后说很喜欢我的故事，并且他从不同的点不同的角色切入分析，希望我能考虑这些。还能说什么呢，呼的一下立意高度就飞上去了。晚上大家分享了一些 YouTube 上的视频，都是非常短的片子，结尾总是出其不意，让人回味无穷。其中一部叫做勺子杀人狂的小电影让我印象深刻，有点恐怖又有点好笑，我想我有时间也应该多逛逛 YouTube。

2016/7/5

PM 8:52

≥ω≤

啊！我们 Dorm 开暖气了！
Amazing！

今天主要的任务是什么呢，写剧本并润色。我意识到自己的一个短处，写剧本的时候过于注重故事的叙述性，就像是在写小说，而没有注意到画面如何剪辑连接、能否吸引观众、内容是否显得累赘以及怎样的表现手法更加高明。

幸运的是老师 check 以后给出了建议。在他的提示下，剧本的戏剧性咔咔地往上长呢，修改了以后我就是只在脑海中构思一下，都觉得自己的剧本拍出来会一级棒了，哈哈哈，just kidding，明天所有人会聚到一起讨论各自的剧本。

下午学习了关于 Shuttle Speed 的知识，比较难理解，是关于摄影的专业知识，不过老师讲得挺生动，我大致是听懂了，将来实践的时候老师也会在旁边指导我们。

然后是如何组装一台摄影设备，包括镜头、三脚架等一系列的设备。设备零件很多，听起来有一点儿复杂，不过讲完了以后又自己试了一遍，其实超级简单，不过这是场工的工作，哈哈。

印象比较深的一点是我们的一个老师谈到为什么他要在这做老师，而不是去做电影。他原先做过几年演员但是后来选择当老师，因为现在大部分的电影人都在想着如何 make a deal，而不是真正地做电影。来到这个夏校，这个项目的学生们都是对电影满怀热情、想着努力去创作的年轻人，和他们待在一起才会真正地感受到做电影的乐趣。同时他也提到实际上学电影不像是学医或者法律，一个好大学获得的学历在做电影的人看来没那么重要。这听起来确实很酷。

进入好的电影大学，不是为了上那些课程——这些在网上就能学到，真正重要的是身边都是优秀的热爱电影的人，置身那种环境中，和其他人一起创作做电影，才是进入这些大学真正的意义。

However, that is right.

2016/7/6
PM 9:55

>▽<

智商200的我今天在洗衣房洗了脏衣服，烘干了还叠了，哈哈哈，快夸我。

讨论了一上午的剧本，具体流程是分角色朗读，之后共同提出意见修改剧本，大家围坐在一起的气氛很好。

一个惊喜：邻座一个很胖的女生自己写词作曲，弹唱超好听超厉害。

午间，在加州阳光下的原木桌椅上休息是一种享受，但后来我被烫到了！下午外出拍片最大的收获，是把昨天学到的用上了，比如用Light Meter调光圈数、加不同阶ND等等。然后就是指挥同学在镜头前跑来跑去，用机器将他们记录下来，一瞬间就有了当导演的感觉，运筹帷幄的感受非常棒。

另一件非常开心的事，是加了一个老师的微信。这里的老师聚会与其说是老师聚会，不如说是业界电影工作者的茶话会。这位老师是一个来自台湾的电影人，在LA拍电影，认识很多国内外的导演、演员，很高冷，但人很nice，一些不清楚的问题也会为我耐心解答，和他谈了一会儿后感觉对整个电影行业的脉络都清晰了许多，也渐渐明白如何报考UCLA这些学校，非常激动，感觉进入到了一个更专业权威的世界。我想，我会好好把握机会的。

By the way，老师问我是不是美籍华人，说我的英语很好，哈哈，我开心极了。晚上在外面吃烤肉听DJ舞曲，夕阳下的学校很美，和电影里一模一样。

2016/7/7

PM 10:01

≥ω≤

啊——今天终于完成我的剧本啦！敲下 Print 那一刻整个人无比轻松！

今天学了什么呢？主要是灯光的运用。是那种很大的聚光灯，操作的时候需要戴手套，否则会被烫伤。分三个位置：Key、Field、Background，我负责操控的是 Field 位，感受一下。

Key 位的聚光灯很可怕，聚光灯的原理和昨天学到机器的光圈是一样的，Flat 有 Half 和 Whole 两种可以降低光圈段位，同时改变光束的形状，像这样，真正接触到光影世界中的光了，嘻嘻，Dramatic！

晚上看了一些电影的开头，主要是练习 Shot 在电影里的意义。每个镜头里的每个东西都有它存在的意义，配乐和角度也都是在给观众传递一种信息。因此 Edit 好你的电影非常重要。

值得一提的是出国前刚看过的《社交网络》被作为范本展示。全程激动痴汉脸，放完以后抑制不住洪荒之力直接大喊：

"Jesse is my favorite actor!I love him so much!"

有个同学说："But he is talking too fast."

我："I love him talking too fast!!"所有人慈祥笑orz(一个迷妹的日常)。

开心的是现在大部分电影不看字幕，只听都可以 get 意思，有英文字幕的更加无压力了。

每天晚上 Film Kids 都是最晚回去的一群，因为电影的工作是无休止的。这里的天空很黑，星星超级大超级亮，满天都是，可惜无法拍下来。

2016/7/9

PM 12:05

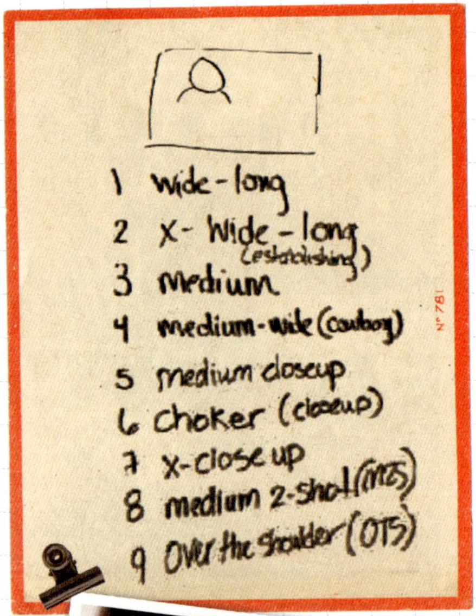

特大好消息！特大好消息！我今天进组了！

我们将会在两星期内拍出三部微电影，我会在三部电影里分别担任 DP/AC/Production Designer（摄影导演 / 摄影助理 / 美工），谢谢大家！

今天上午学习了表演的初级工作，其实很简单，初级就是放松自己，不要害羞，活动面部学会模仿这样，做了几个超级好玩的游戏！等到国内了和同学发扬光大嘻嘻。

下午学习了 Sound Mixer 的工作，简单来说，就是如何在片场做收音。这个工作很累，需要长时间高举收音棒。接下来学习了镜头的种类，从大远景到特写的分类，具体见图。

接下来分组出去拍了一组分镜头，于是就有了我这张帅气的照片，猜这是什么景？

熟悉了所有片场的职位以后就要开始拍片生涯了，每天早上六点起床晚上十点钟上床的日子，任劳任怨……

非常期待。

2016/7/11

PM 7:44

今天身体不是很舒服，肚子有点痛……不过睡一觉应该就好了。

早上去片场的时候，布景已经搭建好了，就是在这样的环境下利用视觉盲点和摄像技巧拍出无比真实的画面。

非常辛苦的一天，上午在道具间倒腾了半天道具，因为我是第一部电影的 Production Designer，所以每个场景的细节都必须得负责。

道具间的东西非常多，从假发服装到巨熊骷髅……应有尽有，是非常有趣的地方，所有道具整理好以后搬下楼又是一顿累。

坐着摇摇晃晃的车去看景，随后确定了几个室外的拍摄地点，总之折腾完我可以算是美帝第一瘫了……

下午学习了一些镜头的角度分别是：Subject、Object 和 Pointview。通过看片熟悉镜头，熟练运用镜头的分类，像这样的练习我闲下来有时间也会多多做的，总之今天是非常疲累的一天。

However，上午把 Production Designer 的工作做完了，拎着锤子在墙上一

2016/7/12

PM 1:22

O ω O

个个钉钉子，还蛮好玩的。第一部电影的 AC 生病了来不了，于是我成为了两部电影的 AC，其实还蛮开心的，可以学到更多东西，同时为第三部电影当 DP 做准备。下午列了 Shot List 画了机位图，真的是特别繁重的工程，Jesse 说，是的，当一个导演最难的地方就在这里。脑海中的图案一次次浮现，一次次被推翻，只为找到更好的办法，来表达电影想表达的东西。

第三部电影我当 DP，Shot List 所有要拍的镜头都在这里，而这只是一个五分钟的短片，可以想象那些巨制拍出来是多么繁重，需要多少人的参与以及夜以继日的工作……

晚餐以后我跟我朋友说，我们拍电影累得很啊！

我朋友说，那谁叫你喜欢这个呢？

是啊，谁叫我喜欢呢！

第一部电影杀青快乐。

2016/7/13
PM 9:25

>▽<

今天是正式到片场参与拍电影，之前都是在做各种准备工作，在片场每个人都各司其职，就像一块精确的机械表上的零件，不能有任何差池。

第一部电影只拍一天，我在这部电影中的工作是 Production Designer 和 Camera Report，前一个不用说了，之前已经说过。后一个就是在每一个镜头开拍前，记下机位、光圈、曝光速度、镜头等等一系列参数，最后在镜头结束以后记下关于这个镜头的笔记，每个镜头开拍前，都是漫长的准备。布置场景、移动机位、调好光圈和聚光灯、对好台词等等，真正开拍的时候导演喊：“Sound Speed!”Sound Mixer 回：“Speed!”再喊：“Camera Speed!”DP 喊：“Speed!”这时候就开拍了。AC 拿着打板器，对，就是片场最常见的黑白的板，在镜头前说 Scene 和 Take 数然后退出，所有人保持绝对安静，导演喊“Action”，这时候就开演了。看人表演，尤其是好的表演，是充满无限乐趣的，没有参与其中几乎无法体会。

第一部杀青以后所有人相互拥抱庆祝，非常开心，姐继续工作，将成为第二部电影的 AC，期待中。

>ɒ◕

\ 今天我是 AC ! /

第二部电影是意识流的类型，简单来说就是并没有讲故事，而是一种完全的电影艺术形式，男主角是一个心理特殊的人，他在一次异装会上浓妆艳抹成一个女人，妖艳妩媚，好像他天生就是女人一样（说到这里真的很佩服外国人的表演天赋啊，几乎不 NG，疯狂大笑的癫狂镜头也展现得淋漓尽致，而他只是一个大学生而已……）

其实人还是挺帅的，不然怎么扮女装哈哈哈。

今天主要任务是装摄像器材和调焦，用 Light Meter 调光圈辅助 DP 进行任何操作等等，我和我的 DP 为了防止镜子里出现我们的影像，所以戴上黑帽子。

今天基本都是在黑暗里拍摄的，所以充分利用聚光灯非常重要。黑暗里光影世界越发的清晰，拍摄的时候演员非常投入地站在舞台上，表演癫狂的笑的时候，几乎真的让人以为他疯了。拍摄的 Party 场景里，所有人也都自如地交谈摇晃跳舞，激情四射。整个拍摄过程非常的顺利，多亏了这些本不是演员的演员们，他们只是单纯地热爱表演而已。我感觉很庆幸，因为整个摄影棚里，每个人都对自己的工作热爱而投入。

2016/7/15

PM 11:16

>▽<

今天第二部电影杀青了。

到最后男主角杀了派对上另一个人，然后自杀。这两个场景都拍了很多条。男主角最后的自我挣扎，困在自己精神世界里的偏执被演绎得非常好，特别有感染力。Peacock 被杀死的时候流血的妆化得超厉害，我们都抢着和他合影，哈哈哈。

今天虽然我是 AC，但因为有两个机位，要同时拍摄，所以我就去 B 机位全程跟拍，需要把演员控制在画面中央。掌控机器记录画面的感觉也超棒的，就像电影里的摇晃镜头，躁狂不安的感觉我把握得还可以，嘻嘻。

今天杀青以后，我们在收拾东西的间隙，在场地里一边放音乐一边跳舞，超嗨，哈哈。Film Camp 的人都特好笑，可能天生有表演欲吧？

我要做第三部电影的 DP 了，也就是摄影导演，是剧组最重要的角色。负责全程执掌镜头，而且第三部电影有很多需要 Handheld 的镜头，需要架着沉重的摄像机跑来跑去。

细细的铁杆会把肩膀压得很痛。我当 AC 的时候，我的 DP 有两次都支持不住，所以也算是一个挑战吧！这部电影的导演是一个前辈，他的父亲是好莱坞的导演，所以他也是一个要求很高、精益求精的人。拍摄他的电影难度很大吧？应该明早七点就全体集合，会一直拍到很晚，祝自己顺利！这个颓废风很酷，我都爱上我自己了！

晚上的歌舞会非常精彩，踢踏舞、清唱、合唱都挺有感觉的。这里的学生都才华横溢，嘻嘻，有个男生声音超温柔的，唱歌超好听。

2016/7/16 PM 9:25 | O ω O

又累又开心的一天。

今天正式成为DP，也就是摄影导演。我想说我简直是DP业界楷模好嘛！为了一个镜头躺在地上拍，蹲着拍，坐地上跟着人拍，简直敬业到不行好吗！上图。

我肩上那个架子看起来轻巧，实际上重得不行。每一次都要垫厚厚的布在我的肩上，不然就会超级痛。因为那根铁杆非常细，压强非常大！做了一天DP，现在四肢酸痛，背也痛，但是，拍到好的画面的喜悦和成就感，让我简直爽到不行，嘿嘿。

如今也对摄像机越来越熟悉了，自己可以组装，并且调焦测光圈等等，觉得自己超厉害，哈哈哈哈哈！

今天跟我原来的室友告别，她人特别的好，可惜我走得太早，没有合照。接下来一星期将和我电影部的朋友们住一起，开心！

分享一个片场超帅的吉他手。

今天所有电影全部杀青。

2016/7/17

PM 9:49

>▽<

依旧是 DP 的一天，不同的是增加了更多姿势，比如坐在轮椅上被人推着拍……

我的手臂现在非常痛，一旦弯曲或者直起来就会剧痛，背也超痛，不过我觉得我在减肥燃脂，哈哈。

今天遇到了一个超帅的小哥，嘻嘻，他是来客串的。我发现外国人真的有表演天赋，因为一个演员有事不能来，我们 Camp 一个男生充当了他的角色，结果演得超级好啊！！！他会弹钢琴、弹吉他、敲大鼓，还给我们变魔术扑克牌，玩得像魔术师一样好，真的超厉害诶！我趁他弹吉他的时候搭讪，让他给我弹一曲录下来了，分享几张他的照片，真的超帅啊。

可惜我还没有要到他的 Ins 账号，我一定会要到的，哈哈，这是作为一个颜狗的职责！

明天开始大量看片，剪辑电影，下个星期我们的电影会在全校展映。

I CAN'T WAIT TO SEE IT !!!

2016/7/18
PM 10:03

坏消息：今天还是没有要到小帅哥的 Ins 账号。

好消息：今天开始学习剪辑的第一步。今天主要干什么了呢？上午看了一个关于剪辑的纪录片，然后下午打开了剪辑软件，学会设置里面的各项准备工作，然后把文件下载好。今天并没有干什么特别的事……Sad。明天再接再厉要 Ins 账号。

晚上看了 1974 年的奥斯卡电影《新科学怪人》，黑白电影，不过还是挺有趣的，不得不说国外的电影业比中国要领先许多许多。

分享一只小松鼠，cute。

2016/7/19
PM 10:42

今天主要学了剪辑的具体过程，剪辑就像写作文一样，在我看来要有铺垫伏笔、起承转合。你在剪辑的时候还要注意不能枯燥，更要把信息都交代清楚，最重要的是吸引眼球，创意最为重要。下午我们用一些素材自己剪一个片段开头，有些难。各种功能我还不熟悉，但是我会问，老师一点一点教我，以后我慢慢自己也剪了出来。老师说在座的所有人都应该有不一样的点子，确实，每当我想到一个新的方式，就会超级开心！而当自己的 idea 真正被自己创造出来并呈现在电脑上时，那种成就感真的无与伦比！我准备自己搜集素材，经常练习一些电影混剪。剪辑的时间过得飞快，坐在电脑前敲敲打打一下午，不知不觉就到了晚饭时间……

今天拿到了杀青照片，拍片的那几天一去不复返，快乐的日子过得飞快！还记得前几天一大早爬起来赶去片场，屏息凝神地注视每个镜头的日子。

杀青快乐！

以及，要到了小帅哥的 Ins 账号，哈哈哈。

2016/7/20
PM 11:21

O ω O

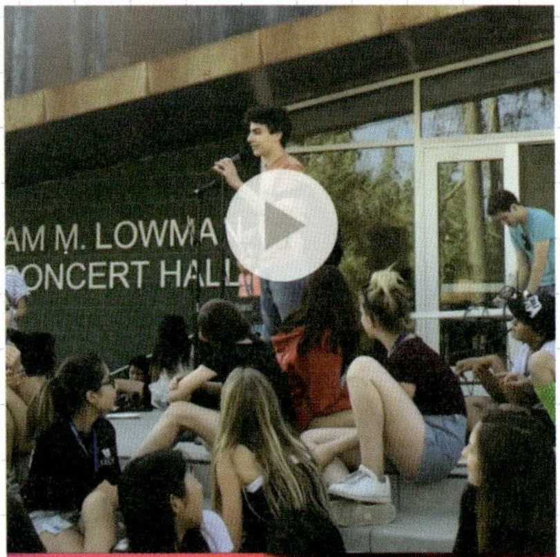

今天是这辈子第一次进男厕所。哈哈哈，其实是因为要拍一个在厕所里发生的片段，这是一位同学写的幽默小段，然后我们去帮助她完成拍喜剧的过程。简直好玩到不行，幸好没有用Sound Mixer，不然真的要笑场了，哈哈哈。

然后今天依旧是练习剪辑的一天……我准备下载一些素材，做一个欧美男神影像混剪。

吃烧烤时，台上那个超级呆萌的同学，被推上去表演，结果吃起了薯片，哈哈哈，还差点掉了，真的可爱疯！还有一个老师跳舞特别骚气，我喜欢，嘿嘿。

我室友还挺好的，就是有点不爱干净，东西丢得到处都是。课比较简单吧，我觉得GPA就不用担心了，其实这两周心路历程还蛮曲折的。不过现在已经好了，步入了正轨也就没什么好说的了，最后还是每天都要好好学习天天向上！嗯！

Cheer up!

2016/7/25

AM 10:35

这两天太忙了，一直没时间写日记。

最近的大事，主要就是自己亲手拍的电影终于被搬上了大银幕，而且是学校旁边的电影院里的。那种成就感无与伦比，最后在滚动的制作人员名单上赫然显现着自己的名字，感动得都要哭出声来了。

然后，听说跟我一起摄制的一个男孩回寝室以后跟我一个朋友说，Rio 她拍摄真的很 hardworking 啊！又开心又感动！虽然努力是不求回报的，但是真的有人看在心里了还在私下夸赞你，证明我真的做得还不错吧？电影我全部拷回来了，回家给爸妈看，哈哈哈。20 天的时间真的过得好快，过程中虽然不这么觉得，但是到最后一天的时候真的好不舍得。和每一个人拥抱留下联系方式，说好 keep in touch，但或许此生再难相见，在美国交到的第一群朋友，真的很好。这是一个美国女生离别前给我的赠言：

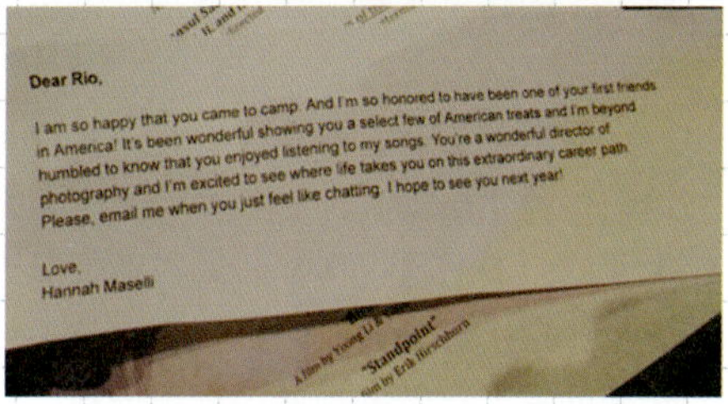

Dear Rio,

I am so happy that you came to camp. And I'm so honored to have been one of your first friends in America! It's been wonderful showing you a select few of American treats and I'm beyond humbled to know that you enjoyed listening to my songs. You're a wonderful director of photography and I'm excited to see where life takes you on this extraordinary career path. Please, email me when you just feel like chatting. I hope to see you next year!

Love,
Hannah Maselli

"Standpoint"

这次独自踏上美国之行让我一下子成长很多，也爱上了美国学习生活，我不会忘记每个人。

我会很快再见你，
California Losangelas.

学吧 留学

29

我在美国当“导演”

——美国高中夏校学拍电影亲历记

2017/7/27
PM 8:35

新疆采风

Day1&Day2【我感觉自己受到了欺骗】

一下飞机，最先感受到的是滚滚的风沙，黄尘遮蔽了远处的风景。这一幕与我的想象相差甚远，我想象中的新疆应该有着一望无际的草原，风吹草低见牛羊的啊！真到新疆了就给我看这个？

这次的行程主要是探访来武汉上学的新疆学生。我想象中应该是在草原上骑着马一家一家地逛，坐下来说说话就行。结果实际并不是这样！坐着车在颠簸不平的路上飞驰，一开就是几个小时，遇到一个坎整个人在座位上飞起来再摔回去……

经历了这些，我本以为我的新疆生活已经彻底“水深火热”了，但一塌糊涂的体验里居然有惊喜。第一天去的是新疆姐姐库瓦汗家，她是我们这个志愿者家庭中的一员。库瓦汗家在新疆最南端于田县奥依托格拉的一个贫穷的小村庄里，房子都是砖砌的，到处是沙尘，苍蝇乱飞，还有一股迷之气味。库瓦汗和她的家人穿着鲜艳的民族服饰在门口迎接我们，一下车就给了我和我妈一个大大的拥抱。我的心一下子温暖起来。而且我发现，库瓦汗穿着他们民族的衣裙艾德莱斯非常漂亮，比她穿校服时靓丽多了！

库瓦汗的妈妈看上去有六十岁了，但人很精神。我从她的拥抱里感受到了真诚的祝福。那是脸贴脸的拥抱，我其实不喜欢和人太过亲近，但她在我耳边轻声说了一些维语，应该是祝福的话。虽然语言不通却能让人感受到心意，果然真挚的情感是跨越民族的。

进家门时真的吓了一跳，家里没有铺地板，也没有刷墙漆，再一看，哇，一张巨大的床（有通铺那么大）上面摆满了各种吃的，瓜果、馕、酸奶、烤羊肉等等。

听说这是最高的待客规格了，是只有古尔邦节（和汉族春节一样）才会有的待遇，这时候拿出来款待我们还是很感动的。库瓦汗和她的家人们都很淳朴，不断地送上食物应该是她们表达欢迎和喜爱的方式吧！

有个让我挺感动的细节：一个维吾尔族小孩，可能是邻居家的，看着一堆食物显得很想吃的样子，但是他们是不能上桌的，一个长辈注意到了，拿了一点给小孩，摸了摸她的头，那个孩子很开心地拿着食物跑了。这种默默的疼爱让人动容。

维吾尔族人跳舞真的挺厉害了，平时看上去木讷羞涩的库瓦汗就像换了个人，她拉着我妈妈的手又唱又跳，那种自信和美丽让我刮目相看。一听到音乐，男女老少都能翩翩起舞并且跳得活色生香！

分别的时候，我们上了车，听见库瓦汗说了一句："就这样走了吗？"顿时觉得有些心疼。可能我当初并不特别期待的这次探访，在她心目中是无比幸福的一次经历吧。我何德何能，可以被这样淳朴的一群人倾情相待，真的很感谢这种情谊！

后来去了另一个新疆女孩家，比库瓦汗家条件好一点。她是一个特别热爱篮球的女孩，学习却不怎么好，当时觉得看到了高中的我，因为我也不是一个爱学习的人，总是执着于自己喜欢的东西。我听说她想要考北京体育大学，就在心里想：一定要加油啊！

我特别喜欢看学校老师向新疆学生的家长夸赞他们的孩子时，那些父母们的反应。他们大多数都已经满面皱纹，因为风吹日晒而皮肤黝黑。可是他们听的时候眼睛是笑着的，如果我的妈妈听到我在美国的老师这样夸赞我，应该也是一样的心情吧？我替那些父母们感到欣慰。

新疆的小孩子真的好好看啊！很开朗很爱笑，一点也不熊、不娇生惯养！我们还去了两个男孩家，最让人印象深刻的就是他们和自己弟弟妹妹的关系，本来在我们面前有些木讷寡言只会傻傻地笑着的男孩子们，会抱着弟弟妹妹温柔地对他们说话，摸摸他们的头抱着他们坐在自己腿上，再亲亲他们的脸蛋，温柔得要溢出来了！这真是让人感动的亲情流露啊，对于身为独生子女的我来说，真是心生向往。

慢慢地，我感到自己对这片看似荒蛮贫穷的土地没那么排斥了……

2017/8/1

PM 8:53

╥﹏╥

终于来到了北疆!

经历了南疆的酷热、风沙和六个维族家庭的热情招待后，我们又马不停蹄地奔往北疆。下飞机以后最直接的感受就是：真凉快啊！环顾四周，我惊呆了。我竟然看到了草原，是的，一望无际的草原，连绵不断的山脉，天空湛蓝，云连着天际一团团散延开来，带着梦幻的感觉，这正是我想象中的新疆。

北疆和南疆差别有多大呢？北疆满足了你对新疆的所有幻想，南疆则负责来打破这个幻想。

一出机场我真正地感受到了风吹草地见牛羊的意境，大海啊全是水，草原啊全是草，十分养眼。到处都是成群的牛羊，还有奔驰而过的马群，没有马鞍的野马让我想到《射雕英雄传》里郭靖弯弓射大雕的场景，一种原始的苍凉感油然而生。

第一天去的是喀纳斯湖，在我印象中这里是很神圣的地方，是一片人间净土。但实际并不是这样，喀纳斯湖周边已经严重商业化，到哪里都要排队买票，所有人都是匆匆留影就赶赴下一个景点，这让我感到不舒服。

虽然说景色确实很美，来一趟希望不虚此行，但如果因为美就要建立风景区让大家来污染这片净土的话，我宁愿这片土地不被人发现。上几张图吧！水湛蓝湛蓝的像水晶一样。

月亮湾像镜子一样缓缓地流淌在崇山峻岭之间，山风清清冽冽的有点冷，

又不至于刺骨，是我最爱的天气。

最后一次的探访，我们来到了北疆女孩小米家里。北疆条件比南疆要好很多，一进院子，最先映入眼帘的是一排绿油油的葡萄架子，一串串葡萄在阳光底下闪着光芒。里面是一个小院子，干干净净的，旁边有几间房，也都宽敞明亮。令人羡慕的是他们家有一个很大的牛圈，里面有两头大牛，还有一些鸡在地上啄米。听说他们家还有很多牛羊马在外面散养，一直觉得农场主是个很酷的职业，现在终于见到了，嘻嘻。

我们一落座，小米的父母就为我们端来了满满一大盆的土豆胡萝卜和肉，上面还堆着马肠，都是煮熟了的，看起来就是满满的高蛋白，真的很有诚意。小米的爸爸用刀把马肠切成一块一块的分给我们，他不太说话，但看得出非常欢迎我们。小米的妈妈身体不太好，经常住院，家里三个孩子上学都靠爸爸一人的工资，真的很不容易，但迎接我们的时候还是拿出最好的东西招待我们，我想这是人最淳朴的本性流露了吧！遇到这么善良的一群人，我感觉自己都被净化了。

期间我们和小米的家人聊了一些小米在武汉东湖中学的事情，我发现新疆孩子都挺害羞的，每次夸他们的时候都会不好意思，或者觉得根本没什么。倒是孩子的哥哥姐姐听了会很开心，再一次让我羡慕起新疆孩子们兄弟姐妹关系的亲密。小米应该也是品学兼优的孩子，听说她也经常和家人说起自己在学校的生活，说条件很好、生活也很快乐。

我对小米和她一家人的印象很好，小米长得很可爱，眼睛大大的，双眼皮很好看，两块苹果肌笑起来鼓鼓的，有点像小兔子，如果以后注意皮肤保养的话，肯定是大美女！小米的姐姐也很好看，精致的眉眼，白皙的皮肤，听说小米家有三个女儿，她父母应该感到很幸福了吧。

我为她的父母感到骄傲，有个让人感动的细节，就是我们每次让小米的爸爸也说几句话，他爸爸只会叫我们多吃点多吃点，说的最长的一句话是，希望我们在他家住下好好款待我们。他真是个质朴的农村老人，只知道用实际行动来表达自己的心情，放到现代城市中，这会是很闪耀、很吸引人的特质。

我们和小米在集市上逛了很久，我很喜欢看她和她在武汉的“寄宿妈妈”走在一起有说有笑亲密的样子。原本在武汉的时候，看什么都新鲜与小心翼翼的女孩，到了自己的家乡，给自己喜欢的人们介绍自己所自豪的乡情野趣，心中的欢喜自是不言而喻。因此我并没有叫苦叫累，而是耐心地听着小米给我们介绍，心里的开心也不亚于她。

衷心地祝福这家人，希望小米可以好好学习，小米的妈妈身体好起来，姐姐能考研成功并且找到合适的工作。

这两天我开始慢慢融入到“走进新疆”这个集体了，一开始因为环境的不适应以及与团队的年龄差距，我感到有些疏离，现在却觉得很温暖，在一起吃饭的时候就像一家人一样。

钟校长是个温厚又有点孩子气的长

辈，每次都懂得我的想法、照顾我的感受，稳重大气也很细心，像我的伯伯一样。刘主任是个任劳任怨的人，微信取名“做牛”，意思是要低调，很贴切了。很感谢这些长辈为我跑前跑后，非常感谢刘毅伯伯，他也是我这一次意外认识的忘年交。

因为同是摄影爱好者，所以在我不耐烦于风景区留影的时候，刘伯伯总会带我去拍一些有意思的东西，从不同的角度看待这次旅行，我学到了很多东西，真的非常感谢他。陈经理爽朗又随和的长辈拍照姿势，很可爱，哈哈。

朱老师、徐老师……平时在学校里应该是一本正经的老师角色，出门在外也变成了爱臭美需要人照顾的小女人，感觉特别真实，尤其是朱老师生病以后还坚持拍照，坚持与大家同行，充满热情的表现让我由衷敬佩。还有杨伯伯，和一起相处了十天的室友，很感谢他们这段时间的照顾与包容。

遇到美人美景常常流连忘返，晚上回家也继续修图。

最后要感谢这个集体的大家一直照顾年龄最小的我，让我从不适应到渐渐乐在其中，希望回武汉后也可以保持联系。

2017/10/14
AM 11:15
O ω O

记第一次导演自己的电影

几个月前，我完成了自编自导的第一部电影。从写剧本到选角再到正式开拍，经历了很长一段时间，过程并不轻松，要准备的东西很多，但对我来说这是非常宝贵、非常重要的一次经历。

正式开拍的前一天，我和我的剧组一起布景、布光，看着剧本上、脑海里的场景渐渐地呈现在现实中，感觉奇妙极了，那时才觉得梦工厂或许是真的存在的。

到开机的那一天，我早早就做好了准备。开拍时间在晚上，我带着剧组中午就到了片场，在等待黑暗降临的期间，一遍遍地排练一会儿要拍摄的戏。那时还不觉有什么，等到真正开机的时候我才有了身临其境的感觉，到现在一直记忆犹新。夜幕降临，所有灯光打亮，整个片场被照得灯火通明。因为我的电影需要很多群演，所以很多朋友都来到片场支持我，所有的目光都聚集在我身上，我和摄像确认以后大喊一声“Action！”

我的电影开机了。

接下来的过程是紧凑而忙碌的，因为时间有限，我一直不间断地在演员和摄影之间周旋。由于极度寒冷的天气和学校规则，我们必须在十二点前收工，因此我必须以最快的速度完成所有的镜头。夜晚虽冷，我却一点都感受不到，只是和演员不停地讲着戏，和导演助理叮嘱着群演的走位，和摄像不断看着摄

影机的画面。

那段时间，我好像一台高速运行的机车，脑海里思想飞驰，没有人追得上我，我在每一个我想要的镜头上心无旁骛。整个剧组则像一台巨大的机器，因为我的一言一行缓慢而有秩序地转动。只要看到任何让人感觉“对”的镜头，对我而言都是莫大的幸福，我也终于明白，艺术创作或许就差别在那一分一秒、一毫一厘。

收工的那一刹那，拍完最后一个镜头的我还没从那种高度集中的状态中缓过神来，直到我的朋友冲上来给我一个拥抱：“你今天超级棒！”我才缓缓露出一个笑容，

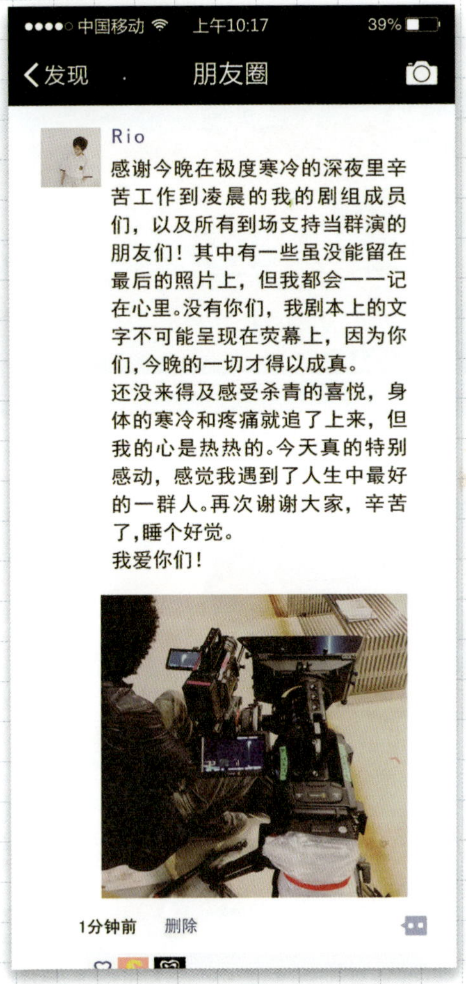

因为脸已经冻僵了。

拍摄到凌晨收工，人生第一部电影终于杀青！

回去以后已经是十二点多了，暖气渐渐温暖着冻僵的手指脚尖，在感受到疼痛的时候发出了这条朋友圈。

到最后除了感谢还是感谢，在17岁拍出我的第一部电影是一件非常幸福的事情，我要谢谢所有帮助与支持我的人。

2018/3/24

PM 10:20

奥兰多阿凡达之旅

hard work

奥兰多迪士尼是全世界最大的迪士尼，它拥有四个园区，Magic Kingdom、Animal Kingdom、Hollywood Studio 和 Epcot。

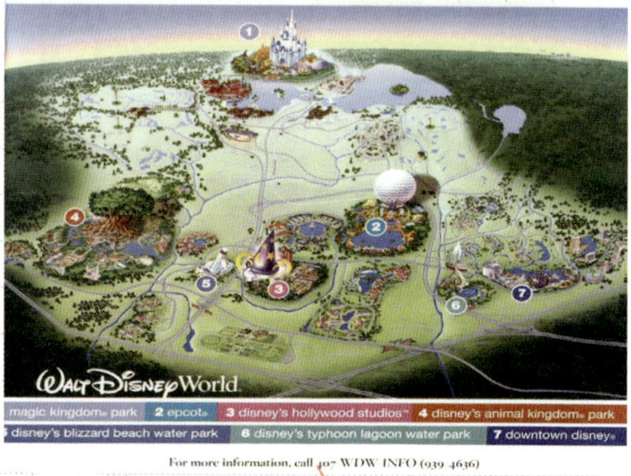

迪士尼地图

每个园区根据名字不同也有不同的主题：Magic Kingdom 是最普遍的，世界各地的迪士尼基本都有；Animal Kingdom 是以动物为主题的乐园，提倡人与自然和谐共处；Hollywood Studio 则还原了八十年代好莱坞星光大道的盛况，以展现多种多样的表演为主；而 Epcot 像是一个世界之窗，每个国家在这里都有属于自己的小镇，走进每个小镇都可以感受到那个国家原汁原味的风土人情。

今天我想主要讲讲我在 Animal Kingdom 的阿凡达场馆和在 Epcot 的游玩感受。

迪士尼四个园，我们去的第一个是 Epcot，因为这个园可以算是奥兰多迪士尼的特色之一了。走进这个园最先看到的是一个大球，有一点像地球，在我看来这应该象征着 Epcot 的主旨——世界万象。

走进去以后，感觉自己不是来到了迪士尼，倒有一点像是世博会的感觉，只不过比起世博会，Epcot 显得更平易近人、更有趣一些。进入每个国家的时候都会有明显不同的标志建筑，比如法国城就有一个小小的埃菲尔铁塔，而玛雅则有一个小小的金字塔。最吸引人的是每个国家的街边贩卖的当地特色食物，比如日本有炒乌冬和寿司，土耳其有烤羊腿等等，每一份都小小的，是为了让游客可以多品尝一些不同的味道。

我个人最喜欢的是日本城和中国城。

日本城充分体现了它小巧精致的文化，无论是食物还是礼品都显得非常有诚意，连售货亭里的售货员也都是日本人，他们会在开门的时候微微鞠躬，

这种细节可以让人感受到这个民族的礼节传统。

最让人惊喜的是日本园里贩卖的礼品和日本的二次元文化息息相关，不仅有宫崎骏动画，还有 Hellokitty 和 Kumamon，都是让人不敢相信会在迪士尼看到的东西。

我买了一件日本传统浴衣，穿起来

舒服而素雅。

紧接着我们直奔中国城，一直以来，作为在海外生活的华人，我们都很好奇外国人眼中的中国。

一进城区我们就知道这是中国城，装修像极了北京的故宫，从建筑设计的细节到大街小巷的街拍，都显得非常真实而用心。

在这么传统的中国街道上看到许许多多的外国人，感觉真的很奇妙。

正如我们所想，在外国人眼里，中国的形象一直都是这样古朴神秘，笼罩着一层东方面纱。

我们惊喜地发现，贩卖中国当地食品的地方竟然出现了波霸奶茶，中国大街小巷的奶茶文化已经成功进入了国际视野。

路边别具一格的复古小店也让人眼前一亮，作为中国人我们丝毫没有感到不真实或者敷衍。

2018/3/27
PM 8:50

>ㅁ◠●

今天去了 Animal Kingdom 的阿凡达园区。排的队很长，从外面开始，队伍弯弯绕绕到里面，好在就连排队的过程都很有趣，因为队伍两边陈放着许多阿凡达电影里的场景，用来营造出电影氛围。道具看上去都非常真实，和电影中的没有很大区别。这些都是在排队过程中会看到的道具，我感觉仿佛自己进到了电影里的实验室，正在准备和阿凡达的大脑连接，一探潘多拉星球中的究竟。

排了两个小时终于看到了队伍的尽头。

进去以后，工作人员会先指引你进入到一个类似实验室的地方，然后进行一些“扫描”，目的就是要让游客彻底进入角色，它还会根据每个人长相不同匹配出不同的阿凡达。

正式开始游玩，是坐在一个类似摩托车的设施上，被固定好以后会感觉到自己的双腿被什么会“呼吸”的东西夹着，一起一伏好像真的骑到了龙背上，接着就开始观看 4D 电影了。

全程我们都骑在龙上，穿越潘多拉星球的森林、海滩、洞穴，整个特效非常真实，还会有明显的失重感，前进的时候会有风和水珠吹到脸上，好像真的

am
king of
the world!

从海面滑行过一般。

最后，我们来到夕阳西下的潘多拉星球海滩，迎着落日余晖，好像所有的烦恼都在刚才的飞行中一扫而空，全身心都沉浸在异世界里，感受当中的奇幻美妙。

那一刻我真的希望自己是一只阿凡达，可以活在那样的美景里，每天骑着龙驰骋云端，任何烦恼都追不上我。

出来以后我们都还意犹未尽，其实环球影城和迪士尼都有许多的4D电影，这样的体验非常神奇，无比真实地把观众带入到电影世界里，那样的连接感和参与感是最让人感动和惊喜的，也是广大电影人一直在寻求实现的。

我多么希望国内也早日拥有这样的技术，不是说达不到这个水平，而是国内许多的娱乐行业不愿意用大价钱请团队研究制作，也因为国内的市场已经满足于现状，所以大家都停滞不前，只有在国外才能感受到这样的高科技带来的新奇。我敢说，只要国内引进了任何一项这里的4D技术（同样的高质量和技术水平），中国娱乐市场一定会迎来一个新的巅峰。

2018/7/17
PM 10:08

哥大夏校日记

忽而三日

凌晨五点，我抵达纽约肯尼迪国际机场。彼时天际刚刚泛鱼肚白，这个城市刚从沉睡中苏醒，在机场来往的人群也显得沉默，远不如我想象中那样热闹。

提着一个大箱子，我只身一人上了Uber。走出机场的时候天已大亮，天气有一丝闷热。上车后我戴上耳机，开始听歌。靠在车窗上看着纽约街道飞驰，突然有一种说不出的感觉。

是的，我又来了。这是我第三次来到这座城市，不再是匆匆走过，而是要为我未来的人生探路，看看我一直梦寐以求的学校——哥伦比亚大学（以下简称哥大）——是不是真如我所想的那般适合我。

我参加的夏校是哥大专门为高中学生设计的学习项目，目的是让学生们切身感受哥大的学习生活，了解自己喜欢的专业。

我的专业是Creative Writing——创意写作，与我在高中时学习的电影专业不一样，不是入门，而是更高级别的深入学习。我实在是英文写作的门外汉，验证自己能否成为一个好的英文编剧，是我参加这次夏校的最大目的。

谁曾想，现实与我想象的并不一样。

我是在六点左右到达哥大的。与国内许多大学不同，它没有明显的校门与围墙，而是隐藏于一片城区。教学楼、学生公寓和餐馆坐落在主校区的四周，主校区的大门竟与高档小区的铁门差不多，连明显的校名也不曾标上。

进学校后，我找到夏校办公室，被告知已经是later arrival，随即被领着去了自己的寝室。我只有20分钟的整理时间，之后要去参加新生见面会。我问老师结束后是否会有时间去洗个澡、换个衣服，得到的答案是否定的，得立即去上课。

于是，刚下飞机不到两个小时，我就被拉着加入了当天的活动课程。

或许这就是纽约的节奏吧，快到让人几乎喘不过气。

我们这门课一共有三位老师，一位负责教课，两位负责研讨。每位同学除了既定的课程，还需要选择一门选修课，或是准备一项个人作品，我毫不犹豫地选择了后者。

第一天上课，班上只有八个人，除我之外其他同学的母语都是英文，我顿时觉得自己像是一个上着中国语文课的外国人。

老师十分友好，让我们依次自我介绍后，提了一个问题：如果要你变成一种食物，你会选择什么？有人说胡椒，有人说西瓜，我说我会变成寿司，因为那样不用下锅，不会很疼。老师和同学们听着都笑了起来，我忽然觉得压力没那么大了。

接着老师介绍了这段时间我们要学的内容：诗歌、散文、戏剧小说和长篇散文，并且都给出了严格的 Deadline。我顿时感觉压力又重了起来，因为这些课程似乎并没有给我学习剧本写作的机会，而我对诗歌、散文这些，一向是连中文的都不感冒，更别提英文的了。

今天的课不算太难，讲的是诗歌的构造和组成元素。有趣的是，老师并没有直白地讲出来，而是给了我们几个身体器官的名称，比如大脑、皮肤、肾脏等，让我们分别说出它们在诗歌中可能会代表的东西。

接着，我们读了一些当代作家的诗，今天的作业则是要求我们写一首诗。

回到寝室，我决定暂时不去想我这“黑暗”的未来。我的室友来自俄罗斯，她非常热情，人也很好，更让我开心的是，我们竟然都喜欢 K-pop。

这种他乡遇故知的感觉，让这无比烦累的一天温暖了一些。

就这样，我度过了我在哥大的第一天。夜晚，我裹着被子，拿起很久不用的笔，一个字一个字地熬出了我的第一首英文诗。提交之后我往床上一瘫，不一会儿就睡着了。

因为时差，我醒得很早，便去校园里走了走。早上七八点的阳光已经很

2018/7/19
PM 8:32

耀眼，这一点和洛杉矶倒是很像。

哥大虽说在相对而言不那么繁华的上城区，但基础设施和餐馆都让我十分惊喜。学校旁边有一家很好吃的早餐店，松饼和美式炒蛋是我的最爱，而他们家做的尤其棒。

（吃了这样的早餐，要我读一百首不知所云的英文诗也是小事一桩了。）

要问我如何在晦涩难懂的英文诗中生存下来，这些就是我的续命灵药。

回归正题，这两天我们主要是读名家写的诗。老师有一句话说得很好：写诗最重要的就是如何用技巧让诗本身看起来没有技巧。也就是说，最高明的诗其实和最高境界的武功一样，无招胜有招。

除此之外，我们每个人交上去的诗歌都被打印了出来，人手一份，然后大家在研讨课上一起朗读讨论。虽然我是第一次写诗，作品也与其他人的差距很大，但老师和同学们都很尊重我，完全没有架子，还认真地分析了我的诗歌的优缺点。我先前的顾虑与尴尬便在此刻烟消云散了。

夕阳下的哥大，名校气场十足，建筑很朴素，却又不至于失了庄严。

走出校门，夕阳正好。

我忽然想起在课上看到的诗歌里，有人将夕阳比作金色的羊。那时我还嗤之以鼻，心想这也太夸张了。然此时此刻，方知此意。

这次的作业是选择一首自己最喜欢的歌曲，一边单曲循环一边写出一首诗来，标题要与歌名相同。

我想，凡艺术家都十分重视自己的内心，创作时候的心情和感受直接决定了作品呈现出来的样貌。每个人对自己最喜欢的歌一定都有自己的理解，所写出来的东西自然会是感情充沛、灵感迸发的。老师懂得这一点。

我刚刚写完了自己的第二首作品，并上传给了老师，等待明天的研讨。现如今我的心情已不再是顾虑和尴尬，而是隐隐的期待。

在哥大前三日，一忽儿就过去了。

2018/7/20
AM 11:35

三日雨

来到哥大的第四天，我已经逐渐适应了这里的环境。在我看来，纽约这座城市和我待了两年的洛杉矶最大的区别，在于我能看见的天空，纽约的要小了许多。

今天清晨，我在雨中的学校周边随意散步，感觉非常惬意。

当然，喜欢大城市和这种紧密排列的建筑风格、想要享受城市生活带来的繁华和安全感的人，比较适合来这边居住。

上午上课，老师说了一句让我印象非常深的话，这句话来自他的一位导演朋友，原话是：

“好的作品应该像你鞋子里面的一粒石子。”

这个比喻再形象不过了：鞋子里的石子，是你努力想要忘记却随时会出现在你脑海的、无法摆脱的存在。石子纵然可以被从鞋子里倒出来，而好的作品一旦进入视野，就再也不会消逝。

茶余饭后，夜深人静，你会突然灵光一现，想起某篇文章中的语句或某个电影中的镜头，它们盘旋在你的脑海里，没有占据，却不消失，这就是好的作品了。

这样的体验，我曾经有过，可都是别人的作品。我自己怎样才能写出这样的作品呢？一个人一天中要做的事情太多，在这短短的 24 小时里，要让他能有一分钟的时间想起一个月前读过的文章，实在是千难万难。

而我的目标就是要创作出这样的作品。

这期间，全班一起研讨了我的第二首诗。这首诗老师让我们以自己喜欢的一首歌曲作标题，我选择的是 Heize 的 You,Clouds,Rain，这是一首浪漫主义作品。

读完，老师和同学们都思考了很久，最后，大家都发出惊叹，“Woo——”。这大概是因为中西表达方式的差异，大家在理解以后便会产生恍然大悟继而欣喜的感觉。接下来的研讨中，竟然没有同学谈到这首诗的缺点。老师笑着问，难道这首诗是完美的吗？大家都笑了。

有同学提到我的诗里面几处令人困惑的地方，确实，有些地方我写得比较脱离现实、天马行空。

老师评价道，尽管有一些语句不符合现实，却没有让他感到奇怪，也就是说诗歌中的每句话都“make sense”。

我知道没有作品是完美的，但只要瑕不掩瑜，就足够了。

课后，我和老师讨论了我的个人作品。我没有选择任何一门选修课，而是用这段时间来创作一部新的剧本。

老师很惊喜，随即问起剧本的主题，我便简要地向他介绍。（目前不透露是什么）老师对我说，如果拍成了电影，让我无论如何都要发给她看，并且给了我他的私人邮箱。

2018/7/22

PM 9:20

纽约这段时间总是在下雨，连周末也是。经常太阳刚出来不久就下起雨来，再过一会儿就成了倾盆大雨，让人防不胜防。

周六我在宿舍写了一天剧本，周日则和朋友在纽约下城玩了一天。

哥大在上城，坐地铁是去下城最快捷的方法。

这里就要说到纽约的地铁了。不比国内，纽约的基础设施实际上在多年前就已建好，因此现在看来其实颇为陈旧，比之武汉一条条崭新的地铁大有不如。

第一次独自坐纽约地铁，我稍微有点害怕。毕竟在武汉地铁上都经常会遇到奇怪的人，更别说在纽约这座几乎汇集了全世界各国人的城市了。

纽约的地铁和中国不一样，不用选择到什么站，直接买一张三美元的卡，两小时之内坐到哪一站下都可以。当然也可以买长期的地铁卡。

另外，地铁上没有标准又响亮的广播，只有一个乘务员在随意地说，现在在哪条街，下条街是什么。也没有显示屏显示现在在哪站，错过了广播就只能瞪大眼睛去看站外面墙上写的几街了。有一次我发现外面的墙上没写，跑出去看到指示牌才知道自己在哪站。

幸好一路顺利到达了目的地。纽约的下城便繁华多了，我们先去 Ktown 吃了我最爱的韩餐。

还看了《蚁人 2》，我觉得特别好看。

纽约的街道比之武汉并未干净整洁多少，有的地方甚至比武汉还脏还臭，而且经常能闻到大麻的气味。

不过这还是抵挡不了游客们逛街和拍照的热情，毕竟这是世界第一都市。

此时的街道还是湿漉漉的，但在屋檐下躲雨也很开心。

虽然回去的时候又下起了大雨……

2018/7/23
PM 6:58

从今天起，我们就开始学习短篇散文写作了。我从上周就开始有读一些散文，但感受与我之前读诗的时候差不多。如果说英文诗和文言文差不多，散文就和白话文差不多。对于我来说，我连中文都不敢保证能读懂，却要我读英文的，我整个人是这个表情：

不管怎样，我还是要硬着头皮读下去，再硬着头皮写出自己的散文。和以前一样，散文还要被打印出来，人手一份，大家一起研讨。

我的第一篇文章虽然依旧有很多缺点，但我现在已经能坦率地把自己的文章拿出来和所有 Native Speaker 一起研讨了。

老师评价说我的文章极具有感情渲染力，画面感很强，且能从字里行间感受到温度，非常感性，有些地方需要读很多遍才能产生共鸣。我想这是必然的，毕竟如果能全然理解一个作者的文章的话，和知己也差不多了，然而一个人一生中的知己又有几个呢？

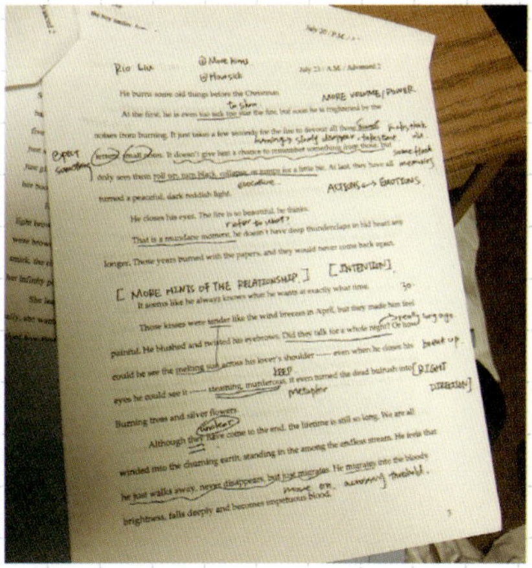

我的散文缺点是对于关系的分解还不够具体，不够有逻辑，其实这样的毛病我一直都有。

来看一下一次研讨下来我做了多少笔记。

写作文章常常会有人物角色出现，老师今天又说了一句话：

“每个角色都应该想要某样东西，即使只是一杯水。”

写出一个故事很简单，可是要怎么样才能让故事流畅自然、怎样讲好一个故事，是学问。这是我在高中剧本写作课上学到的。

每个故事中的角色一定都受某种动力驱动，他们有着不同的生活方式，他们相遇、交往，这就是故事发生的时候了。各种各样的动力和欲望交互、碰撞，所激发出的化学反应是每一个作家都想要捕捉的，同时也是最应该下功夫的地方。

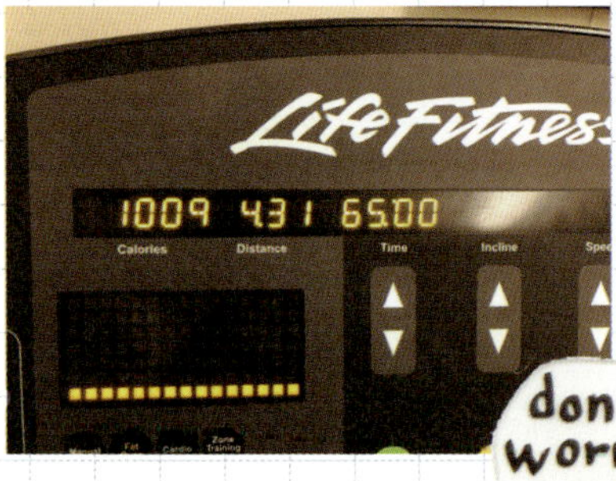

我想，这也是我接下来需要努力达到的高度。

这几天的纽约一直在下雨，但是我的心情却一点点明朗起来了。

顺便一提，哥大的健身房有三层楼，很棒，而且宿舍里面也有健身房。

学习之余来打个卡。

don't worry be happy

2018/7/25

AM 11:35

>ɑ•

绕梁三日

一篇文章、一部电影、一本小说到后半必有高潮部分。这三天，已是我进入夏校的后半部分了，也是我学到东西最多的几天。因此这几天的日记标题是——绕梁三日。因为我相信这几日所学将会给我的写作生涯带来长久的影响。

这两天我们开始了戏剧写作，这是我最擅长的一部分。我在美高的时候就已经写了一部短篇剧本和一部长篇剧本，因此在这项其他同学都感到不太适应的写作领域里，我却如鱼得水。

老师看到我剧本以后，第一印象是——专业。因为我从封面、排版到字体，都是按照平时写剧本的习惯来做的，老师说他非常期待里面的故事。

老师对我的剧本的评价在这里就不再赘述。

值得一提的是，有两个女生看完我的剧本以后居然哭了出来。

老师在课上只讲了两点，却让我觉得受益无穷。

一、不要在分享作品前说自己作品的不好，这也是作弊的一种方式。

每次研讨课前，我们的作品都会被打印出来分发给每个人。在读自己作品前，常常会有人说，“我觉得我的作品真是烂透了”“简直一无是处”等等，老师严令禁止了这种行为。首先，把作品交上来分享给每个人讨论、指出问题，意味着大家都会在这个作品上花费时间，如果连你自己都不喜欢这个作品，那为什么又要分享出来浪费大家的时间呢？其次，在讨论前就评说自己作品的不好，实际上是逃避批评的一种方式。“我都说了自己的作品很烂啦，你们说的这些缺点我当然都知道”。抱着这样的感觉来参与讨论，不仅对自己毫无益处，更会让人觉得不被尊重。

二、写作中的黄金原则——“show don’t tell”（“表现而不是直接说出来”）其实不一定对。

这是我在最初写作的时候就受到的教训。我常常被告知要怎么避免直接表述，怎么通过动作表示这个人物的内心。

为什么说不一定对呢？这是因为，有时候为了表达某种感情而描写的动作并不一定能准确地传达给读者，这其中造成的误解有时甚至谬之千里。要准确地描写出一种感情实在是一件困难而又考验人的事。

当然，这也并不是说这条法则就完全不对，而是说不一定要循规蹈矩地一定按照这种方式来写作。

这给我带来另外的启发：类似的黄金原则大多是可以被推翻或者说是可以商榷的。

2018/7/26
AM 10:55

说说哥大的食堂，品种还算齐全，水果、酸奶、牛奶、面包样样俱全。主食一般是美国传统午餐，披萨、意面、薯条之类，大多数都不太健康，也可以自己选沙拉吃。食堂算是“无功无过”吧。我已经习惯了，走在美国街上经常会有自己很瘦的感觉……

哥大属于上城区，要看纽约的繁华得坐地铁去下城。因此我在这边的生活也十分佛系，每天上上课，读读文章，再写写文章。

这里要说到美国的文章，我真的很不适应英文的文风。因为不是一个语系，中文文章写得再好也不代表英文文章可以有同样水平，因此我在读英文文章的时候感到十分吃力。想象一下，一个外国人来读鲁迅的文章，那就是我读英文长篇散文的感觉。

嗯，我们现在进入了最后的阶段，需要在周一前交一篇英文长篇散文上去，希望写完的我还活着。

今天上课的时候做了一个有趣的活动，所有人走到户外围成一圈，一个人先进到圈里开始随便演一段戏，接着另一个人进来加入他，这样一直到所有人都加入为止。

虽然最后我们编出来的故事让人匪夷所思，但每个人都很开心。

这个活动的主要目的在于一点：写作的时候“你应该了解你的角色，而你一旦了解他，就知道他会做什么”。

这印证了在一些我喜欢的小说后记中出现的话。作者常常提到，写到后来，剧情已经不能按照他想象的方向走了，因为在某些情况下，那个角色就是会那样做。这就是我们常说的，把一个角色写活了。

今天晚上我们宿舍这个片区的人组织去旁边的哈莱姆区，也就是黑人区去吃寿司。我有一点害怕的，但一想这么多人，应该没事。

真正进入到黑人区的时候，感觉并没有太多区别，只不过是旧一点、脏一点、黑人多一点，并不至于让人“谈虎色变”。

然而，真正让我“色变”的是美国的寿司店。美国人真的很喜欢做什么吃的都做超大一份。日本寿司店老板要是看到这样大一盘寿司，估计会吓一大跳。

my story

2018/7/27

AM 11:35

今天，我们每个人写了自己长篇散文的两个版本的开头，然后和身边的人讨论。

我最近才知道，班里一个英文说得跟本土人没有区别的男生，其实是一个从小在香港长大、现在在英国的读书的上海人。（真是复杂的身世）

他十分有教养，文章写得也非常好。我们交流了一会儿，我觉得他的写作有我可以学习的地方，同时也是许多国外文学作家擅长的一点——如何把一个无聊的下午写得趣味横生。

我接触国外文学以来，经常在读完一篇文章以后的恍然大悟，“啊，原来说的是这么简单的一件事。”

今天的一个活动让我对所有人的看法悄然改变了。

这个活动是这样的：十分钟内，每人写一件让你感到羞耻、不安，或者害怕的事情，并且要是大部分人都不知道的。

就是在这段时间里，我见识到了人类的脆弱和多面。那些在阳光下那样快乐光鲜的人，其实都有过在深夜时脆弱不堪而哭泣的时刻。莫言曾说，不曾在深夜痛哭过的人不足以谈人生，这话我记了很久。

就是在这段时间里，我知道了原来那个看起来美丽阳光的加州女孩曾被性侵，她做了无数努力来忘记那段痛苦的经历。那个很有教养的优秀男孩在小时候因为一次失败曾有过自杀的念头，也曾在厕所痛哭……

我为这些脆弱而有着伤痕的灵魂伤感，却又觉得他们分外美丽。

另一节课上，老师讲了一句话，是他总结的写作经验之一：喜剧之所以幽默是因为它其实很悲伤。

这也是为什么我一直写不出喜剧，因为我的阅历太少，写好喜剧，比写好悲剧要困难一些。

于是我后来也效仿着他写了几条自己的经验：

Be sensitive and alert to the emotions you have. 对你的情绪保持敏感和警觉。

Read，read，read. 保持阅读。

Form a habit of recording your inspirations. 养成记录灵感的习惯。

Writing diaries and movie commentary is helpful to be thoughtful. 写日记和影评可以帮助思考。

Depict the image in your brain before writing it down. 写作之前先在脑海中将那个画面描绘出来。

2018/8/6

PM 7:52

最后一周

不知不觉，三周的夏校时光就这样过去了。

上个周末，我和朋友去了SOHO——我最喜欢的购物街区之一，我很喜欢那里的纽约城市风景。

周一，我们在哥大图书馆的珍稀文物馆中上课，整个图书馆仿佛博物馆一般。

时至今日，我才感受到一流大学的图书馆藏书有多么惊人，哥大甚至拥有四千年前的古老书籍。我有幸读到了百年前的记者、作家的日常笔记，发现这些人都有一个习惯——做笔记。他们记的不是知识，而是自己生活中的见闻、灵感与思想，我想这对写作会有很大的帮助。我还欣赏了一些“艺术书籍”，注意，这里指的不是关于艺术的书籍，而是说这些书本身就是艺术。

图中有一本是德国人将古中文翻译成德文的艺术书。还有一本书的文字是或散乱或排列成一定形状的字母，很有趣。

这本书每一页都应用了上一页的某句话，是纯手工制作的。

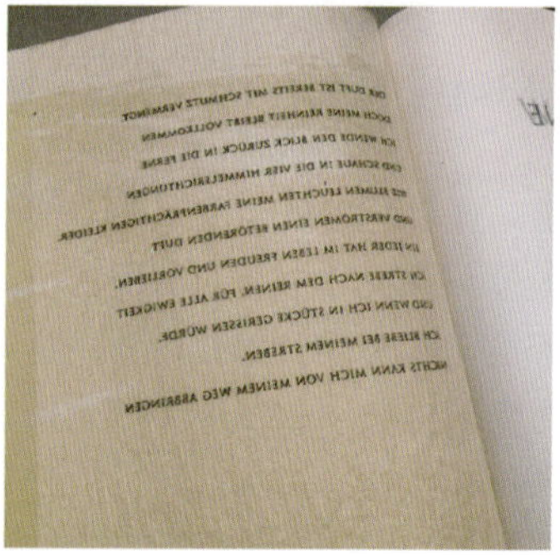

这两本书都需要铺在桌面上展开来读，第一本书的内容是一个人用不同的粉色记录下的自己的人生，第二本书展开彷佛一栋房子。

当然也少不了中国国画。

人们常说，快乐的时光总是短暂的，而我第一次感觉到学习的时间也很短暂。

三周的写作时光真如白驹过隙，一眨眼就溜走了。我却觉得好似我昨天才到这里，放下行李箱，跟没头苍蝇一样在学校里乱转。

然而很快迎来了尾声。

我完成了我的个人项目——第四部剧本。教授和我单独开会讨论以后，提出了很多修改意见。她说她很喜欢我的故事，如果拍出来了，让我一定不要忘记发给她看。

这段时间，我也学到了很多东西，为了不把周记写成学习总结，在这里我就不具体说明了。

我们研讨了最后一件作品——长篇散文，说实话，我从没想过自己竟然会用英文写这么长的文章，也没想到自己竟然写到了凌晨两点却不觉得累。

所以我说，我也是见过凌晨两点的纽约的人了。

研讨课上，同学们对我的散文评价普遍不错。许多同学认为文章的画面感非常好，他们几乎可以通过文字想象到那个场景，并被其中蕴含的情绪所感染，“凄美又回味无穷”是教授的评价，我想这是我写作的长处之一。这篇散文里的故事我同样写成了剧本，并且会成为我的毕业作品在今年秋天拍出来，我向教授和朋友们承诺到那时候一定给他们看。

全班和教授们的合影

知识和经验的学习从来不是一蹴而就，而是潜移默化、一点一滴地发生，再慢慢渗透到我的创作过程里的。作为真正的、专业的作家，我的三位教授一直身体力行地给我们做着写作的示范和榜样，传输着他们写作的经历和心得。不仅如此，他们都不约而同地叮嘱我们，希望我们在以后的生活里也可以保持写作的习惯，永远不要忘记自己的初心。

初心真的很珍贵。

最后一节课上，我们一起聊了自己的未来和收获，教授让我们每个人都找点自己的东西说给大家听，感受也好，随笔也好。

于是我说了第一天对每个人的初印象，大家都很开心，原来一个人的第一印象和后来的印象可以这么不一样。比如我以为我们班的一个女生来自美国中部、喜欢安静，但其实她来自法国，上课特别爱讲话，哈哈。

最后教授的话让我很感动：“我很高兴在座的每一位来到这里都是因为对写作怀有热情，是热爱驱使你们写作，而不是其他，这恰恰是最难得的。”

其中一位教授正在写小说，他承诺会让我们的名字作为角色名在他的书中出现。

遇到这些有才华的同龄人，是缘分，也是运气。

最后一天，哥大是阴雨天气，是不是也不舍得我们的离开？

晚上收拾行李的时候，我又想起刚来那天的感受，陌生、紧张，还有些抵触，而现在，我已经可以写出英文诗歌和散文，创作了一部剧本，还可以开始赏析一些外文作品了。我想我又一次不知不觉地成长了。

对我来说，这不是结束，只是新阶段的开始而已。

我相信我要走的路还很长，也希望自己明年可以站在这座学校的门口，以哥大大一新生的身份走进校门。

所以，一定会再见的。

在纽约东逛西逛时攒下的地铁票

Cinecism

No.2

影评篇

王小波说，一个人只拥有此生此世是不够的，
他还应该拥有一个诗意的世界。
周星驰，就是这个世界的缔造者，一个令人陶醉的造梦师。
而我们，总是对那个闪闪发光的世界，抱有无限的遐想和期待。

2013/5/10

PM 7:13

遗忘

——由《遗落战境》所延伸的

一颗被遗忘的星球，一个被遗忘的真相。人类有时会忘记本不该忘记的东西：我是谁，我从哪里来，我向何处去。

这是一个苍凉的故事，在一个苍凉的地方，落日云端下的剪影，透明的玻璃幕外壮美的世界。导演约瑟夫说，他要拍一部白天的科幻片，他成功了。苍翠的丛林，优雅洁净的未来科技城市，残破的废墟，辽阔的沙漠和裸露着土壤的雪原，清新精致的湖边木屋，造型奇特而优雅的天空之塔，以及到处是锈蚀钢筋的人类曾经的痕迹……每一次场景的变换，都有其深层的含义，每一个场景都代表着一个世界。

这是三个世界交织在一起的故事。

“一个细杆顶端的家。”导演是这样形容天空之塔的。作为未来科技的代表，天空之塔的简洁、干净、优雅以及太阳下的云层透过玻璃的苍凉壮美，无疑是这部电影最震撼的场景之一。当主人公杰克说：“I gotta go.”气泡船跃下云层，那的确是未来才能给我们的震撼。

一个充满着未来气息的“家”，对杰克来说，并不是真正的“家”。永远不会变动的陈设，永远不会变动的对白，永远标准的微笑。这更像一个梦境，一个美丽冰冷的梦境。

小木屋，这种只有在童话中才会出现的场景，于此也得到完美的体现。在预告片里看到杰克在油绿的青草地上打篮球时，我还相当困惑，不是说地球毁灭了吗？这个地方是怎么回事？看完后才知道，这个可爱的地方，的确在地球上，是地球在战争后的最后一片净土。对于杰克来说，这才是一个真正像家的地方，老式的收音机，粗糙木板搭成的架子，纸质的书籍，原始的木头房子。在这里他可以逃避一切问题，逃避那个千疮百孔的世界，逃避那个监视他一举一动的塔台，这是他自己的世界，这是他原本的未来。

我们可以把它视为杰克记忆中原来的地球，曾经美好的希冀。这是回忆中的净土，是他和爱人的未来。这里不是冷冰冰的现实，而是一个拥有希望和生气的“家”。

布满灰尘的图书馆，是电影中第三个世界。这里没有未来的科技，也不是回归自然的青草地，这里陈旧、杂乱，带给我们战争的意象。然而这里才是人类生活的最后屏障，人们在这里苟延残喘，想尽一切办法夺回自己的家园。这个所有场景中最不能吸引人眼球的破旧图书馆，却是让这部电影拥有史诗般气魄的关键元素。这里的人用落后的武器对抗无人机，用肉体和信念征服未来。这些在图书馆屈辱躲藏的人类，彰显的却是最伟大而高贵的尊严。

人是一根有思想的芦苇，你尽可以消灭他，他却仍比消灭他的东西高贵得多。

正是这三个截然不同世界包围着杰克，让他不能找到自我。“对于一个人来说怎样才能死得其所？莫过于为了信仰的圣殿和祖先的足迹。”杰克是被克隆的，但他找回了自己的灵魂和人性，他懂得什么是自己的信仰。正是这种伟大的力量，促使着他，为了使人类生存下去而献出自己的生命。泰坦——那个邪恶的宇宙智慧体中，有成千上万个克隆的他，没有灵魂，没有人性，曾经使自己的家园生灵涂炭。他愤恨地凝视着一切，毅然决然地，触击了核弹。强烈的火光中，我看见了人类灵魂中最高贵的品质，那是人类的风骨。杰克永远地消失在宇宙中了，可他的精神会永恒地传承下去，成为人类历史中最闪耀的那颗星。无数人因为他得以重见天日，轰隆隆的雷声响彻云霄，他们默默地，向天空中逝去的英雄告别，热泪盈眶……

这是对英雄的拜祭，这是对生命的礼赞。

“遗忘”，是本片最初的，也是最妥帖的译名，区区两个字却包含了本片所有对人性的思考。不妨将它分解成三层，层层深入，直至中心。

第一层，是杰克对过去的遗忘。他被洗脑，失去过去。这里启示了一些人，他们想忘记过去、忘记不好的经历，然而这些却正是人生最宝贵的财富。当你使劲去回忆，脑海却一片空白，这种悲哀与无奈任何人都会觉得触目惊心。珍惜过去，就是珍惜未来。

第二层，是杰克对爱情的遗忘。它阐明了一点，永远不要忘记爱你的人，当他们全身心地为你付出时要懂得感恩，如果忘记了，哪怕是一点细微的举动都会令他们心碎。

所以，学会去爱，学会回报爱。

第三层，遗忘灵魂，遗失人性。很多电影中都充斥着对人性的解读，它们或者感人、或者伤感……然而本片是对人性最原始的思考，一切兜了个圈，又回到了原点。从内心最深处出发，才能悟到那最高贵的灵魂。

电影中有一句台词：“成千上万个你，没有灵魂，没有人性，就是机器。直到有一天你降落在地球上，修理无人机。当你用身体护住她时，我就知道，那时的你，还在。”活在世上最可怕的事不是死，而是失去了人性，人和动物最大的区别也不是制造工具，而是人怀着信仰、拥有人性。

试想，倘若人们都失去了人性，世界会变成什么样子。我们的良心让我们生活而不是生存，信仰与爱组成的它是每个人最原始的灵魂。这世间的一切感情都是环环相扣、相辅相成的。所以应时时叩问自己的良心，铭记自己是一个顶天立地的人。不要因为任何事情违背自己的信仰，那会令所有人不齿。是人，就要有人的风骨，活出人的风采。

象征力量的五角大楼已经变成了一个陨石坑，帝国大厦成了断壁残垣，曾经聚集数万人举行橄榄球赛的“超级碗”成了一地砂砾……这或许是在警示我们，现在的地球很美好，而战争，尤其是星际战争，所带来的将会是无尽的痛苦。野心这东西就像病毒，一旦膨胀，就会引发不堪设想的后果。值得我们深深思考的，是最简单的问题：“我是谁”“我为什么而活着”……这些问题，需要我们用一生来回答，能否交上一份满意的答卷，取决于我们的选择、我们的探索。倘若能像杰克那样寻回地球的真相，那么，我们就不枉来到这个世界上。

爱情的力量也在这部电影中被无限放大，大到足以唤醒一个人的良知，正如那句话“这一切，都是因为爱”，这样的爱情，足以震动宇宙、超越肉体、直达灵魂。这是星际之间的爱、轮回的爱，正是爱，缔造了人类灵魂中最触动人心的美丽。

谨以此文向汤姆·克鲁斯致敬

给阿汤的信

Dear Tom Cruise:

Hello! Nice to meet you! I'm a Chinese girl, My English name is Zoe Miller, and my Chinese name is Liu Rui yan. I'm a fan of you. I'm studying and living in Wuhan. My school named Wuluolu middle school. I'm in Class 14, Grade 7.

You are a very great and very famous actor. I like you and your films very much. Maybe you can't receive this letter, but I hope it'll come true. My hobby is watching films、reading books and doing sports. I have watched a lot of films of yours such as 《Mission Impossible》、《Rain Man》、《Top Gun》、《The war of the world》、《Knight and Day》、《Jerry Maquire》、《A few good man》,《Born in June 4th》... And I will watch more in the future. I like to read books very much. Most of the books are about Hollywood、Oscar... Because of you, I love films and English books. My favourite book is 《Percy Jacson》. I study English hard because I want to study in America in the future.

Now I think I can tell you about my family. I have a happy family. There are three people in my family. My father, mother and I, I love them a lot. I know you have a daughter named Suri. I think she is a pretty girl. You must love her very much..

Can I tell you something about my country? China, yes. Life in China is fine, but for a student, it's busy every day. I must get up at 6:00 every morning, and I have a lot of homework, so I go to bed at 10:30 every night. But sometimes you are very busy, right? When I think about this, I feel some relaxed. Everybody has work to do. If we want to be happy in the future we must work.

I have a lot of friends, they are friendly. When I play with them, I am happy. Our food is different from yours, But it is delicious, too. We eat rice、noodles, dumplings ... When you come to China, you can try to eat them. I know you came to China in 2006, right?

In New year, Maybe your new film "Jack Reacher" will come to China. I love it, I think it will be very cool! And you will be very handsome!

There are a lot of fans of you in China, We all like you very much! If you come to China, we'll be very happy. When I go to study in America, maybe I can meet you.

Healthy, happy forever!

Yours Zoe Miller

A Chinese girl.

2012, 10, 11

老炮儿

2015/12/25

AM 10:19

——如履薄冰的情怀

看完《老炮儿》，我立刻在知乎上四处翻阅影评，影评形形色色，却始终没有看到与我感受相同的，始终没有。

究竟是什么感觉呢？

我闭上眼睛，回想起电影里的一幕幕。

第一感觉是冷。这是一部冬天的电影。北京的冬天清冷，肃杀，有着奶白色的浓浓雾气，混杂着小贩的叫卖声和照进胡同里的阳光，六爷本人，就如同这冬天一样。

六爷是一个很正面的人物吗？不是。他是过去北京城的顽主，暴力、固执。但他有自己的理。小贩砸了城管的车灯，他给凑钱赔，末了也要给城管一点颜色看。碰上问路不讲礼貌的年轻人，他骂道："家里大人，没教你怎么叫人啊？"看到小偷，他训斥："钱也拿了，得把身份证给人寄回去吧。"说他正义，却也不是。他只是用自己的理，捋直每一件事，他以高傲的姿态，凛然地屹立在自己的领地里，教训那些贸然的外来者，并且乐在其中。这，也是他的魅力所在。

直到有一天，他进入到另外一个世界，那个世界，不是事事都有规矩、事事都能捋直的。可是，即便进入到那个完全陌生的、年轻的世界，他依然固执地站立着，从不摔倒。他努力地、小心翼翼地与这个世界磨合，却固执地、硬气地不做任何的妥协。被谩骂，他说："小子，别张口闭口一个他妈的。"被打了一耳光，他也只是微微一愣，随后瞪着眼说："下次你得在这。""坏人。"六爷是这样定义他们的。六爷虽不能与之当场分高下，但他誓要用自己的理，让这些人知道，什么是老北京的规矩。

可是，这个电影只是讲过去的规矩理义与当下现代化社会的碰撞，或者讽刺权势利益吗？

不是，绝对不是。

电影中有一个镜头令我印象深刻：当六爷蹲下埋起小鸟的时候，晓波伸出一根手指，将他拉了起来。这个镜头在影片的结尾彩蛋做出了解释，晓波还小的时候摔倒了，六爷也是用一根手指将他拉起来的。到这里，晓波和父亲之间的恩怨，已经泯于一笑了。晓波是当下北京步入迷途青年的代表，他的思想与六爷产生着激烈的碰撞，却因为血浓于水的亲情使水火得以相容。

本片另一抹暖色，在于六爷过去的老弟兄。闷三儿的不离不弃、仗义相助，所有的老弟兄最后都聚齐为他撑场子，无不表现着不会随时间改变而消磨的兄弟情谊。那一个个两鬓斑白、皱纹丛生却怒吼着向前冲的面孔，令人热血沸腾之余，又倍感心酸。

我很喜欢电影中的一个意象——鸵鸟。六爷一直很喜欢它，是不是因为感觉自己和它同病相怜？它很孤独，他也是。所以在最后鸵鸟跑出来的时候，六爷很兴奋地大叫：“跑啊！快跑啊！”也许是因为他自己深陷其中，若是鸵鸟得以逃跑，能给予他些许慰藉吧。最后鸵鸟昂起脖子，在茫茫车流中坚定前行的样子，多么像挺直腰杆儿骑着自行车单刀赴会的六爷啊。他是小飞口中的，将生活活成小说一般的人物。

影片最后的长镜头和慢动作，使人震撼，观众一直压制的感情，随着背景音乐一齐释放了出来。六爷踩上结冰湖面的那一瞬间，冰面传来隆隆的声响，这是否就是六爷现状的真实写照？胡同里的老北京在强烈的太阳光下睁不开眼，却以自己傲然的姿态捍卫自己的理，即便踏在一层冰上，也要义无反顾地拿起武器前行。到最后，一个俯视的远景：六爷一个人站在裂痕斑驳的冰面上，后面渐渐围上来他的兄弟们，他们的身影看起来都是那么渺小，却散发着永恒的光芒。结尾戛然而止，留给观众无限的余味，这也是我心中本片最闪亮的地方。

黑暗仿佛要笼罩一切的时候，总有一束不可忽视的光亮，虽然微弱，虽然无法改变这光怪陆离的现实世界，却蕴含着不可征服的力量，沉默地、固执地守护着内心最后的善良和尊严，这便是情怀。

这是一部有精神的电影，导演管虎对每个镜头都认真下了工夫，例如冷夜里的白雾，父子争吵间仰俯镜头的转换。只是我水平粗浅，尚不能一一理解，却难以不为其中蕴含的艺术和态度深深折服。如果有机会，如果我再走进影院看一遍这部电影，我会沉下心来，注视每一片瓦砾、每一束阳光，流连在那里，看六爷重演一遍，他老北京的故事。

美人鱼

2016/2/8

PM 7:33

——无敌寂寞，不如平凡

尽管网上吐槽不少，有人认为星爷已经无法复制从前的经典，但在我看来，《美人鱼》纵有万般缺点，仍不失为一部优秀的喜剧片。同时，这部电影的票房已经突破二十亿，创下国语票房新纪录。

“无敌是多么，多么寂寞。无敌是多么，多么空虚。”

要说不足，本片的特效尚待加强，除了人变人鱼那一段美丽的水光和罗志祥的八爪外，飞行和跳跃无论怎么看，都有“五毛特效”的嫌疑。至于男女主角的表演——邓超仿佛在演自己，而新人林允更加青涩生疏。可是，这些都不是硬伤，无法掩盖电影本身的光芒。

本片的一大亮点是配乐，除了歌词写得非常应景以外，浓浓的香港老歌气息更让人突然清醒：嗯，这是周星驰的电影。配乐可以毁掉一部电影，也能成就一部电影。开头精武门的配乐让人热血沸腾，当《无敌》响起，人们捧腹大笑的同时，亦有微微的心酸。

喜剧大师陈佩斯曾说：“喜剧的内核是悲，是在自我折磨的过程中取悦他人，是用自己的低姿态引发他人的优越感。”正是如此，我们对片中刘轩所说的“还有什么比钱更重要”嗤之以鼻，为他的种种举动感到既可笑又可悲，然而我们自身又何尝不是片中人物的倒影？若兰不敢看金鱼被声呐震碎，却让人拍下来；明知道会破坏环境，却在利益面前穷凶极恶地踏平一切，这是否就是整天呼喊着保护环境，却依旧浪费资源的我们呢？

确实引人深思。然而本片真正想表达的，并不是环保。

本片的剧情在某些人看来，就是上演了一出“霸道总裁爱上人鱼”的故事。其实不然。电影的题材很新颖，美人鱼在电影中不再是畅游在旖旎宫殿中高贵美丽的人鱼公主，而是真正的人与鱼的结合。他们就像身边的你与我，有发疏齿稀的老公公，有满身市井气息的老婆婆，也有年轻的女孩、幼小的孩子，他们和人类一样生活在自己的社会环境中，却比人类多了一份鱼的纯真。

这其实是一个人鱼救赎人的故事，正是属于自然的纯净，救赎了刘轩肮脏的灵魂。人鱼姗姗将一百万的支票丢进火炉，震惊了刘轩，因为姗姗的出现，这不再是一个功利的、人人都想要钱的社会。他跟着姗姗吃烤鸡、坐小火车、玩海盗船，笑得很开心，像个孩子一样。

刘轩小时候生活落魄，为了得到温饱幸福的生活，发誓要赚很多钱，他做到了，可他依然不快乐。是快乐变得不简单了吗？不是，只是他从没体验过平凡简单的幸福、不用金钱堆砌的享受。正是这一点点琐碎卑微的快乐，融化了刘轩坚如磐石的心，也触动了观众的心。

很多人在长大后不再相信圣诞老人会爬烟囱送礼物，牙仙会取走掉落的牙齿。我们丢弃了最初童真的美好，披着成熟的外衣行走在纷扰的世间，但内心，还是希望圣诞老人真的眷顾过我，牙仙真的带走了我的牙齿。一个人无论多老，心底总还是有一小片纯真美好的世界。星爷用他的方式，保卫了我们心中的美好，那曾经属于我们的童真。

周星驰电影中的爱情常常是这样，情不知所起，一往而深。影片末尾，男主角终于放弃利益的战斗，为了爱和金钱作对。他用自己的血肉之躯挡住枪林弹雨，低头温柔而坚定地对她说：“走，我送你回家。”此时我们才相信，哪有什么身披铠甲所向披靡的大英雄，眼前这个神色温和、努力追寻温暖的普通人，却当真具有一夫当关万夫莫开的气势。

“独自在顶峰中，冷风不断地吹过，我的寂寞，谁能明白我？”既然无敌这么累，不如卸下盔甲，做一个平凡的，拥有会流泪的眼睛、拥有宁静生活的普通人，让心灵有一个栖息的地方，不再四处流浪。

当看到刘轩和姗姗携手畅游海底，我的内心是欣慰的。那里的风景真的很美，因为有你，一切都刚刚好。那是属于我们每个人的梦。

王小波说，一个人只拥有此生此世是不够的，他还应该拥有一个诗意的世界。

周星驰，就是这个世界的缔造者，一个令人陶醉的造梦师。

而我们，总是对那个闪闪发光的世界，抱有无限的遐想和期待。

百鸟朝凤

2016/5/6

AM 8:56

——灵性十足的“老实”，一代名导的良心之作

我特别喜欢的一个导演——王家卫，他曾经说：“好的电影，一要老实，二要感动人。”

我认为他说得很对。在我的理解中，老实，即是从剧本、演员、拍摄，到整个电影的完成，都不掺杂表面的浮华和商业性的功利，只是通过最基本的电影制作、每一个镜头的细化、每一个演员面部表情的处理、每一个场景的配乐和氛围，一点一滴地完成一部电影。感动人，自不必多说，就是指电影本身的情绪、导演所想表达的精神被观众理解和领悟，感同身受，余韵不散。

《百鸟朝凤》无疑做到了这两点。这部电影最让我欣赏和享受的，是拍摄的风格和镜头的处理。电影的开篇，大远景，弯曲的山路穿过绿油油的树林，山坡被一簇簇的树丛覆盖，露出些土黄。父亲走在儿子前面，两人蹒跚着行进。这个画面令我回忆起《那山那人那狗》，朴实，辛劳，有着浓郁的大山气息。

前半段叙事节奏舒缓而有趣，焦师傅训练徒弟的手法，唢呐匠规矩的固执，师弟蓝玉的顽皮机灵，天鸣惟妙惟肖的鸟叫，勾勒出一副苦乐交织的山中学艺生活图景。小演员选角非常好，表演灵性十足，蓝玉的一颦一笑，澄澈灵活的眼睛，天鸣鼻尖上的汗珠，憨态可掬的笑容，都切实地表达出角色本身的性格特点，散发着最朴实美好的气息。同时，镜头的渲染也很到位，一种被汗水和阳光浸润的山间味道充斥整个画面。导演不紧不慢地让人物渗透进观众的心里，让观众与电影建立起奇妙的感情纽带，对剧中人情不自禁地关心，憧憬他们的未来，这是一种朴实而不失高明的手法。

画风一转，小天鸣吹着唢呐在一个运动镜头下长大，后半段的故事拉开帷幕。离开了大山里学艺所特有的规矩和慢条斯理、一板一眼的教授，恬静、有层次而富有深意的镜头没有了，取而代之的是唢呐乐队与西洋乐队的冲突，现代人对唢呐、对老式乐器的不屑。其实，并不是中国文化与外国文化的冲突，而是旧时代与新时代的格格不入。白衣红带的唢呐乐手和豹纹皮衣的女歌手，成了鲜明的对立面，而年轻人一致看向后者。过去，唢呐匠独坐高台受人敬仰的光景，

已经不复存在。是时代的洪流冲垮了人们心中对于老一代乐器的仰慕。

这部电影与其说是讲唢呐，不如说是讲唢呐匠。因为，匠心是这部电影最想表达和歌颂的。焦师傅打开的箱子里，每一支唢呐都有着独特而悠久的历史，他拿起一支，笑眯眯的，仿佛看着自家的小孩子，随即就能说出它的渊源。每一支唢呐都干净，黄澄澄地照人，之所以能保存这么长的时间而依旧如新，正是因为焦师傅对每一根唢呐都珍而重之地保管。如此悉心，体现出焦师傅对唢呐这门乐器的热爱与执着。真正的匠人，才会倾尽毕生心血于一件事物上，长久而不懈地钻研、打磨，仿佛抚养一个永远也长不大的孩子。从匠人手下出来的作品，经过岁月的磨砺和时代的冲洗，变得历久而不衰。这是一种岁月长河的间隙里，属于匠人的缄默浪漫。这正是电影所愿意让观众接受的，属于焦师傅、属于唢呐匠的匠心。

时代的冲击，是电影的第二个关键点。在这里，电影出现了一个问题，无论多好的电影，都必定会有瑕疵——对于西洋音乐的恶意贬低，实际上偏离了旧时代与新时代文化冲突立意，而演变成一场艺术国别的战争。年轻人被新事物吸引是必然的，然而电影在贬低西洋乐器以凸显唢呐等民乐，这种艺术表现方式我不能苟同。这部电影，由此带有了导演强烈的个人感情色彩，思想性降低，变得感性而激烈。诚然，是时代更迭使得老一派艺术家不再受到尊重，唢呐匠沦落到在路边乞讨，这自然是不对的，也是我们所不愿意看到的。然而新事物是否一定就是坏的呢？观者难以评判。只能说，属于古老历史文化的东西，已经流失太久太久了。

片名《百鸟朝凤》，有四次体现。

第一次，是焦师傅给火村村长吹的一曲，歌颂故人为民鞠躬尽瘁的高尚品性。

第二次，是焦师傅为自己吹的，泣血长叹的匠心。

第三次，是游天鸣在墓前吹的，悲歌师傅的故去，是对一个时代的祭奠。

而第四次，则是电影公映以后，票房惨淡，制片人方励下跪求增加排片。这又是电影所体现的新时代和旧时代的强烈冲突。百鸟朝凤的时代已经过去，人们不爱看老一辈电影人出品的艺术片。《美国队长 2》独占鳌头，然而这一定就是错的吗？我看不然。等到有一天，人们能够真正将古老的文化与新的文化融会贯通，旧的不摒弃，传承下去，新的不崇媚，发扬光大，才是社会进入新的文化境界的标志。

片尾，高高的土堆前，青年人笔直地站着，用力地，独自为师傅吹奏一曲《百鸟朝凤》。灯笼飘飘，依稀中，他仿佛看见了师傅，他挺着背，背着手，还是当年不苟言笑的样子，回头望了一眼，独自向前走去，渐渐地，消失不见。我不禁热泪盈眶。

浅谈魔兽

2016/6/10
PM 11:35

——致青春的朝圣巨制，粉丝经济刷新票房奇迹

走进电影院之前，一直以为《魔兽》会是一部会让我昏昏欲睡的电影，因为我并不是一个游戏粉。然而，我竟然清醒地看完了，这说明对于一个路人而言，这部电影本身有一定的可看性。这部现象级的电影，虽然称不上魔幻史诗，但也能赞它一声巨制。

抛开游戏，电影的特效制作算是一流。邪能和魔法的效果看上去有点“low”，那个巨大的魔像可以说是特效里最大的败笔，但是从兽人紧绷交结的肌肉线条到细腻柔顺的动物皮毛，再到云雾缭绕的巨塔，经费有限的情况下，特效该是发挥到了极致。

场景的搭建是整部电影的亮点，高大辉煌的宫殿内景曾让剧组一个演员——同时也是魔兽忠实粉丝——激动到落泪。守护者居住的巨塔内景，植被茂密的热带雨林，都由大面积搭建的摄影棚完成，其还原度和真实效果可以说是现象级改编电影的一个里程碑。

电影剧情和演员则非常一般，十分简单的一个故事，节奏把握得不够好，剪辑略显凌乱拖沓。伽罗娜这个女主角色乃本片最大败笔，成天一副悲天悯人的表情以及所有人都想泡我的心理，电影里所有的男性角色竟然都对她出奇优待，感情线也是“RIO”清奇，男主是如何突然对一个绿绿的半兽人产生感情的？最后伽罗那杀掉了国王回到兽族面前，兽人这种尚武民族就会认同一个背叛自己同伴的人为同类吗？

但是，我们不能以一部魔幻史诗的标准来要求这部电影，因为它面向的是这一个群体——中国的游戏粉。

该片 7 天内在中国累计票房达到 11 亿元，打破多项内地票房纪录。但直到内地公映前，影片海外累计票房成绩只有 7000 多万美元。

诚然，中国拥有基数庞大的魔兽游戏粉丝，在十几年前，还没有 DOTA、LOL 的时候，凡谈论游戏必提到魔兽，可见这个游戏在中国的风靡程度。也因此，粉丝对这个经典游戏的衍生品形成了一种感情，有了情怀。

这种感情只有经过多年沉淀才能滋生。观影过程中不少粉丝激动得难以自制，

他们看见自己曾经狂热着迷的辉煌的场景、宏大的战争场面被神奇地还原到了大银幕上，自己曾经执着的世界观被他人领悟接受，他们中的许多甚至痛哭出声，那种欣慰而自豪的感觉，旁人难以体会。不少名人也都是这部大片的拥趸，例如姚明。

在粉丝们的带动下，《魔兽》的排片量非常可观，片方在宣传上下的功夫自不必提，光是口碑就已足够吸引许多路人前去观看。

倒不是因为电影本身拍得有多好，很多人就是想看看这个让那么多人为之痴狂的游戏，拍成电影到底是什么样子，这或许是在中国才会有的观众效应。也正是因为这一点，该片在中国捞金无数。

同时，片方特意找来了吴彦祖参演该电影。然而，如果没有人提前告诉你，你不会猜到他在电影里演了什么角色，他饰演的大反派古尔丹，特效做出来真的是一个“魔兽”，形象与本人相差甚远，再加上配音，这个角色换成任何人都可以完成。那么剧组为什么要强行嫁接吴彦祖呢，很明显，就是为了再捞一波中国人观影。许多人听说好莱坞电影里有中国演员参与，就会兴致勃勃地买一张票去看，这也是中国观众的特点之一。为了开辟中国电影市场，片方抓住了这一特点，从而使票房又多了一层保证。

抛开电影的商业化，无法否认的是，这部电影圆了无数人心中的梦，它的出现是众望所归，它是信仰，是发自内心的热爱。10 年间，卷帙浩繁的《魔兽》世界的历史也许占据了玩家们的青春，而现在出现的 124 分钟的电影，则是玩家们向逝去青春的致敬。也许很多细节都不够完美，但让粉丝们只是趁着《魔兽》电影上映，与曾经一起战斗的队友、在现实中再度欢聚就已经非常满足。从一定意义上说，《魔兽》应该是迄今最成功的粉丝电影。

不要羡慕《魔兽》凭借没什么新意的故事和有点跳脱的人物关系，就能玩转大半个中国票房，赚取数以亿计的“美刀”，因为它用了 10 年去创造，去凝聚，去共鸣……

从这个角度来说，它算是一部成功的现象级巨制。

怦然心动

2016/12/21

PM 8:10

——整体大于部分之和

中文里的这个成语“怦然心动”，实在是妙不可言，尤其“怦然”二字，既指心跳急促，又在形容那种情窦初开的猝不及防。电影《怦然心动》更是把这种少男少女初恋的纯洁美好描绘得淋漓尽致，但如果只把它当一部爱情片来看似乎太浅薄，整部影片绝对是识人学的入门教材，核心就在于那句话：“整体大于部分之和。”这是片中朱莉爸爸告诉女儿的话，当他看到情窦初开的女儿在爱情里的急切疯狂后，一把拉住了快迷失的朱莉。

的确，心动太易，一见钟情在现实生活中已司空见惯，我们常常会被某人身上的某个部分吸引，从而一叶障目冲昏头脑。看到新来的邻居布莱斯那双漂亮的蓝眼睛，朱莉不经意就被打动，从此开始了她一系列主动向布莱斯示好的过程，梦想着布莱斯也会爱上她。这个勇敢追爱的女孩，或许会被我们说成是倒贴甚至犯贱，可是她却毫不介意，爱就是爱，不需要掩饰。为布莱斯家搬箱子、经常去闻布莱斯的头发、攒了一盒又一盒的鸡蛋送给布莱斯家……因为父亲戴着有色眼镜看待朱莉一家，布莱斯对朱莉一开始没有一点好感，一直抗拒朱莉对他汹涌的示爱。躲在妈妈身后逃过朱莉的穷追不舍，假装与校花恋爱引得朱莉吃醋生气……可一点点地、不着痕迹地，这个其貌不扬的女孩人性中的真善美一一展现了出来，慢慢地，和布莱斯一样，我们也“怦然心动”了，觉得眼前的这个女孩是那么的光彩夺目，散发着恒久的魅力。

当朱莉爸爸发现女儿喜欢上布莱斯时，便试探性地问她为什么喜欢他，朱莉说或许是他迷人的眼睛，或许是他的微笑，但是朱莉爸爸说，你得观其全貌，整体大于部分之和。朱莉爸爸的话，是对女儿的一种深层的关爱，他不希望沉溺其中的女儿受到伤害，于是教她怎么去判断一个人是否值得去爱，甚至也可以拓展到如何判断哪些人是值得交往的。管中窥豹看到的只是花纹和斑点，管中窥人总会有所偏颇和遗漏。

一个少女，哪能听出这么多深意。直到朱莉爬到梧桐树的高处去够一只掉落的风筝时，她才终于明白了父亲话中的含义：正如一幅画不是简单的部分相加，当你把所有部分巧妙地组合在一起时，就会有奇迹。朱莉以前从没爬过那么高，正如她从俯视的视角去判断一个人，在那一刻她顿悟了，站得高才能看得远、看到全貌。在她发现布莱斯每次都把自己送的鸡蛋倒掉后，朱莉终于彻底醒来，她不再花痴地认为布莱斯就是她的全部，不再认为布莱斯就是那个完美无缺的有着迷人微笑和漂亮眼睛的英俊少年。

这部片子有个很出彩的角色——布莱斯的外公切特，他是个睿智、包容、正直的老人，即便他有个刻薄自私、阴暗狭隘的女婿。只有切特这样阅尽千帆、阅人无数的智者，才知道朱莉是个闪耀着彩虹般光芒的女孩，在严厉批评了自己的外孙后，也告诉了他朱莉才是值得他去追求的女孩。布莱斯外公的话与朱莉爸爸的话如出一辙，有异曲同工之妙，外公告诉布莱斯：有些人沦为平庸浅薄，金玉其外，败絮其中，可不经意间，有一天你会遇到一个彩虹般绚丽的人。从此以后，其他人就不过是匆匆浮云。布莱斯受到了很大启发，他不仅对朱莉产生了愧疚，也在这忏悔的过程中开启了重新看人的一扇窗。

他身边有很多“整体小于部分之和”的人，比如校花雪莉，外表艳丽却浮夸轻佻，徒有其表，作为异性朋友在布莱斯心中早已出局；比如好朋友伽略特，只看重外表和外在，肤浅无知，对朱莉极尽嘲讽讥笑，也逐渐被布莱斯从好友名单删除，这样的人不值得做兄弟；比如自己的父亲，经常对朱莉一家说出一些恶毒伤人的话，真是金玉其外败絮其中。

而反观朱莉一家，几乎都是“整体大于部分之和”的人，比如朱莉的爸爸，心地善良，承受巨大压力也要照顾好有智力缺陷的弟弟，对女儿关怀备至，常常能给她一些充满哲思智慧的启示；比如朱莉的妈妈，在和朱莉爸爸吵架后还不忘安慰女儿；比如朱莉的两个哥哥，高大帅气，才华横溢，时常给家里带来欢声笑语和美妙的歌声。而那个曾经最让布莱斯心烦的朱莉，更是浑身都是优点的魅力女孩，单从外表看，她其貌不扬，跟像公主般美丽的雪莉差太远，可是她有着雪莉永远无法比拟的“真”与“善”，有一颗美丽的心灵。这些都让朱莉看起来熠熠生辉，小少年布莱斯也开始春心萌动，为她魂不守舍，期待自己被选中和她共进午餐。

朱莉敢爱敢恨，她爱布莱斯但是她也有自尊，这实在难得。在朱莉心中，布莱斯越来越趋向于“整体小于部分”，尤其是她无意间听到布莱斯和伽略特的对话，他们不仅嘲笑她的叔叔，甚至怀疑朱莉也有精神问题，令朱莉对布莱斯彻底失望。那一刻她心碎了，哭得不能自已，但她清楚不能因为一份爱迷失了自我，让自己变得一文不值，所有的错还来得及弥补。

布莱斯幡然醒悟后，发现自己最爱的是朱莉。真心悔过的他，为朱莉种下了一颗梧桐树，朱莉明白了布莱斯的真情意后破涕为笑，影片就此结束。我喜欢这样的戛然而止，因为你我还能尽情地美好想象，多年后的一幕甜蜜情景，两人坐在高大的梧桐树上，静静地看着远处的风景、远处的人。那时，两人都会庆幸，在那个最好的年纪遇到了最好的彼此！

Practice

No.3

留美生活篇

如果说来夏校之前，
电影对我来说只是一个朦胧的梦想，
夏校则将现实之光照进了它。
我会带着这些美好回忆，
不断为自己的电影理想奋斗。

别人家的孩子在美国 一个美梦不回头

2017年9月7日发表于公众号“家长荟萃”

编者按:

昨天，本编辑部编发了《上海退休教授6000字长文批幼升小“牛蛙战争”》，引来许多粉丝刷屏。其中那句“所谓家学，就是让下一代，比我们更能接近真实的自己”更是引来许多家长共鸣。

今天，我们要向大家介绍一位别人家的孩子。她是土生土长的武汉妞，从小也是在现行教育制度下一路浴血奋战通关，直到一次赴美游学，才恍然明白，自己想要的到底是什么。

幸运的是，她的妈妈，也像这位上海退休老教授一样，在几番挣扎反思之后，放飞了女儿的梦想，任她自由翱翔!

嘻哈女孩刘芮言，2015年毕业于武汉市武珞路中学，当年以高分考进武汉市外国语学校最牛出国班，热爱电影，人生最大梦想，就是拍一部所有人都能记得她的电影。

2016年7月，刘芮言去美国 Idyllwild Arts Academy 参加夏令营，内心所有热情被瞬间点燃。没等回国，她就越洋向父母提出：“我要到美国读高中，这里应该是我梦开始的地方。”

起初，言爸是反对的。女儿才16岁，走那么远，安全能保证吗？在家是甩手掌柜，到那里去生活怎么自理？还有更现实的问题，去美国学艺术，一年三十多万，相当于许多家庭全年的工资，这笔费用就算咬牙凑齐，一家人也要喝西北风了。

在一片反对声中，言妈却力排众议。她的观点是：人生有梦想就要去追，万一实现了呢。曾经，她在这个年龄，也是有梦想的，但是因为各种限制，没有拓展的机会，女儿从小就一直说要做个有国际范的个性大导演，从未改变过。女儿自己，也为了能踏上这个平台，在中国现行的教育体制下，努力奋战了10年，如今，她终于有机会去实现这个梦想了，做父母的一定要鼎力支持。

至于钱，可以先申请奖学金，不行就卖一套房子。

得到老妈支持，刘芮言人在国外，直接拿着国内中学成绩向 Idyllwild Arts Academy 申请了奖学金，并真的得到对方认可，以最快的速度批了全校最高奖学金。与此同时，言妈同步迅速卖掉了在武汉的一套房产，一切准备就绪后，小丫头潇洒说拜拜，飞赴美国。

可是真的到了美国，她才发现，梦想与现实，原来还是有距离的，这不是激情一来说走就走的一次旅行，这是真真正正的为梦想而战。以下，是她自己一年留学生活的感慨。

去年夏天，拎着大包小包的行李，我第一次踏上了太平洋另一端，一片熟悉而陌生的土地——美国。

说熟悉，是因为从小到大在电视上看到各种各样关于美国的新闻，听父母朋友讲了数不清的关于美国的事儿，私以为对这个国家还是有一定了解的，开放啊，热情啊，自由啊，都是常人印象里的美国。

实际上，当我做为一名留学生，真要亲自去面对方方面面的事情时，才深刻地体会到，这片土地于我，仍是陌生的。

我在美国就读的学校是 Idyllwild Arts Academy，一所私立寄宿制艺术高中。美国的高中和国内完全不一样。这里老师和学生平等，学生和学生之间的地位也平等，各个国家和种族之间也是完全平等的。因此，在这里每个学生都没必要因为自身或者家庭感到自卑或优越，无论是上课还是生活，都有着轻松的氛围。

美高的学术水平考核，比国内简单得多，决定学生期末成绩的不是最终的考试分数，而是日常的课堂参与度、作业完成情况和态度。要做到真正的素质教育，我想国内的高中还应该从打分制度的改革做起。

我读的艺术专业是电影。电影是许多中国家长眼里“不靠谱”“找不到工作”“玩玩而已”的专业，大多数人眼里的电影只能远观不可亵玩，鲜少有人在看完一部电影后会愿意去了解幕后的故事。其实，从观看电影转化到开始学习电影的幕后制作，这里面有着外人想不到的巨大差异和艰辛。

打个比方，如果你在一部电影中看到这样的场景：傍晚的阳光透过窗帘，在地板上打下一片光斑，房间里的东西影影绰绰，窗前坐着的人吐出一个烟圈。这样一个看似有意境的场景里，阳光只不过是用大功率聚光灯打出来的灯光，窗帘是临时装的，为吐一个烟圈，演员也许吸掉了好几根烟。如果导演要求，场景可以立刻更换成清晨、蒙蒙亮的房间。电影的艺术就是如此，在黑暗的摄影棚里，用光影和人物打造精彩绝伦的故事。

我梦想的职业是导演。把剧本上的文字用图像表达出来，赋予自己的情感和思想，并希望观众也对自己的美学表达产生共鸣，这实在是有挑战性又刺激的一件事儿。整个过程少则几个月，多则上十年，需要的是数以百计千计的人共同努力，最终得以在电影放映的片头上，看到自己的名字赫然显示在“导演”位置上。这是我梦想的一幕。

还是印证了那句话，一个人只有在做自己喜欢的事情的时候，才会坚持锤炼，含辛茹苦而不忘初衷。

日常生活里，每个学生是独立而自由的。学校除了上课，空余时间的学习和生活完全由学生自己安排。怎么利用空闲的时间，可以说间接决定了你会成为一个什么样的人，过什么样的生活。因为在完全由自己意愿支配的时间里，每个人的选择都和自己的思想、性格息息相关。有人选择学习，有人选择运动，有人则待在寝室里不出门。

说实话，因为在国内总是被父母管着，规定什么时间该做什么事，导致我来到这里以后有很长一段时间不适应，每天做完作业以后完全不知道应该做什么。人一闲下来就容易想很多，我又生性敏感，非常在意其他人的看法，导致那段时间情绪很低落，常常会想故乡的朋友，家里的爸妈，想要回到熟悉的环境中去。孤独如影随形，我好像弄丢了我自己。

这种情绪让我反思了很久。我知道不能再这样下去，在这里没人帮你，想要真正的独立，必须也只能靠自己。

让自己时时刻刻忙起来非常重要，忙的时候没有闲情逸致去想那些事情。同时，让自己内心变得强大，他人的看法真的有那么重要吗？并不是，这些看法其实特别渺小，连人生长河中一点涟漪都激不起，何必要在意那么多。

道理说出来的时候是笑着的，可是我却是用长长的几个月的时间自己煎熬着、哭泣着、疼痛着才领悟到，如今的笑，实在包含着太多的辛酸了。小时候写过很多关于成长的作文，那时候哪会想到长大后的自己，会在夜深人静的时候回头望，然后突然惊奇地看到：“咦，好像我是成熟了很多呢。”

留学的日子里，阳光时常是明媚的，光芒的外表褪去后，看不到光亮的夜里，个中滋味却只有自己知道。究竟是苦是甜呢？谁也说不清，但是，这毕竟是我的梦想，我还是会顺着这条路走下去的，是不是面朝大海我不知道，但说不定哪天就走到春暖花开了呢。

所以，再苦再累，我愿意！

从求生到生活

——记独自求学艺术美高的苦与乐

两年前的夏天，我只身一人前往美国加州，参加一所私立艺术高中的电影夏校。

为什么去的如此突然，缘由要追溯到当年。

2016 年年初，那时候的我，刚从应试教育中脱离出来，在武汉外高里浑浑噩噩地过了一年，那个我一直坚信着、依赖着的，温暖安全的小世界，一瞬间被撕开一个大口子，眼花缭乱的人、物，争先恐后地涌入我活的还不太明白的人生。就像紧绷太久突然被放松的橡皮筋一样，我被弹出去太远太远。不知日月更替，处在迷茫、混沌、摸不到边的重重云雾里，我对自己产生怀疑，进而虚度光阴。那段时间，我靠着网络和电影度日，在短暂的两个小时里，专注自己的全部精力，不受任何外界的影响，贪婪地享受着。那两个小时的快乐，好像成为我逃避现实世界的最佳掩体。

机缘巧合，我接触到一部电影《蓝宇》，这部电影把两个人之间的爱情和平凡人人生的冲突多变描述得太过真实、赤裸和残忍。时间线大部分是在冬天，飘满落叶的吹着干冷的风的北京街道，竟然魔幻地像极了我每天上学的那条路。因为这样隐秘而又神奇的联系，我好像从单纯地观看电影，慢慢学会了进入一部电影，与它建立联系，然后感同身受。这样的质变，使得我对电影这一项艺术，产生了莫名的喜爱。我开始接触不同国家、不同导演的电影，也曾独自前往北京电影节欣赏平时难得一见的佳片。那些时候，让我感觉遥远的电影艺术，变得真实而又触手可及。我开始想要了解电影本身的制作过程，也就是拍摄和后期等等。

因此，当后来妈妈告诉我有机会去美国一间拥有电影专业的艺术高中学习时，我当即答应，并且想办法了解了一些关于这所高中电影专业的硬软条件，当我得知它是全美最好的电影艺术高中时，便下定决心要去体验一次。

所以就有了文章开头，我一个人背着行囊，拖着巨大的行李箱前往美国的情景。

对于当时的我而言，一切都是新鲜的，就好像一个盲人忽然见到了光明，简单的一黑一白都可以被敏感又单纯的我看成是五颜六色。因此，当我初次走入学校的电影系时，工业化的电影拍摄棚和专业的工具都让我感觉陌生又惊喜。两周的学习学到的只是一鳞半爪，更重要的是我体会到了电影这个行业的乐趣。连续过着十四天从未体验过的生活，我的激动程度可想而知。当时的我，在剧组里获得一个 Grip（场工）的职位，都会开心自豪得不得了。

抱着这样的心情，我毅然决然地选择放弃国内的学业出国学习。这是一条不能回头的路，也是一条将我的人生完全改变的路。人生就是这样离奇吧，永远比电视剧的情节更加出人意料。几年前坐在明晃晃的教室里，听着风扇吱吱呀呀的声音，做着一本又一本的习题册的我，又怎么会想到几年后的现在，我会在美国西部一个山头对着沉重冰冷的电影机器忙碌呢？

真正入学，算是半只脚踏入这个行业的时候，我还不知道，真正的挑战才刚来临。当年在外高的陌生疏离只是冰山一角，当孤身一人来到陌生的国度，学习陌生的专业，周围都是陌生的人时，我才觉得当时的委屈迷茫不过是雨后的一个小小水坑。孤单、思念和对陌生环境的害怕像冰冷海水一样无时无刻不包围着我，没有一个温暖的港湾，也没有明亮的灯塔。

更大的挑战出现在专业上。刚到系里时，面对语言交流的不甚通畅和专业知识的空白，我像一条没有鳍的鱼，在水里游来游去却无法呼吸。因为是新生，所以在剧组只能被安排做最简单的 Grip 和 Sound，也是一个剧组里最不被重视的存在。和夏校不同的是，在剧组里犯了错，是会被骂的。对于在国内被保护得很好、心灵脆弱的我来说，这又是一重打击。来自同龄人的指责，比来自家长的更严厉，成倍的压力，压在我的双肩。更可怕的是，我开始了解到电影场景、灯光的戏剧作用。搭在摄影棚里简陋的一个场景，可以因为打光和拍摄手法而变得美轮美奂；一个让人回味无穷反复品尝的电影片段，可能拍摄的时候有无数个工作人员围在演员旁边监视着，当导演一声“卡”，所有人开始恢复繁忙的工作，整个片场瞬间被嘈杂的呼吸声、脚步声和说话声填满。所谓的造梦厂，不过是飞速冰冷的流水作业线的另一种呈现方式而已。

幼年梦境的完全破灭，对于16岁的我来说，无疑是一个不小的打击。然而，这是一条不能回头的路。我能做的，就是在逆境中求生。我开始看更多的电影，扩充自己的阅片量，同时在上课和课余的时候，用心了解专业知识和电影人们的故事。做电影不是一件像奥斯卡颁奖礼那样风光无限的事情，一部好的电影，或许要经历无数寒冷的深夜、炎热的正午，以及没日没夜对着一块发光屏幕的剪辑，才能诞生出来。我这样说，并不是信口开河，而是无数个日夜在剧组的摸爬滚打中得出来的教训。

不久前，我在一个学长的剧组里参与拍摄他的毕业作品。有一个场景，要求我们拍摄傍晚落日余晖的镜头。听起来是很美的，可是导演选的位置是一个悬崖，整个悬崖大概只有两个平方米大，站上两个演员、导演、摄影、音效和我（摄影助理），感觉随时都可能掉下去。到了傍晚，山风渐强，只穿了一件单衣的我开始瑟瑟发抖。整个场景拍了很多条才过，中间我还得爬上爬下地换镜头，随时一个失足都有可能从悬崖上跌落受伤。那天平安拍完真是万幸了，可是比我们这样学生作品选址更危险的拍摄场地，还有很多很多。我更加敬佩那些专业的剧组人员，处在高压的工作环境下，即使连轴转也可以将工作完成得很好。因此，现如今我每次去影院看电影，都会留到最后看完幕后制作人员名单再离开。

渐渐地，时间改变了一切。当我在这样的学习和工作环境中“生存”下来之后，我开始体会到以前从没有过的乐趣。那是一种苦尽甘来的，更加充实、饱满的乐趣。

今年我拍摄了自己的第一部电影，从剧本创作到拍摄，再到剪辑，都由我一个人完成。对于电影制作，我的理解不再停留于表面的感受，而可以通过更加专业的眼光和角度来分析。当我坐在剪辑室里，看着自己剧本里的一个个场景变成光怪陆离的电影镜头，梦想成真的感觉无比真实又无比幸福。我开始体会到，我不再是一条没有鳍的鱼，曾经黑暗无边的海水中也似乎浮现了一些光亮，我开始找到我自己的航线，虽然也有一些珊瑚和波澜阻碍着我，但我感觉到自己在自由呼吸着，生活在这片海域里。

同时，我也在写作方面找到了乐趣。从小到大，我的作文一直都还不错，当我开始用英文创作剧本以后，虽然也遇到过一些困难，但是对创作的热情却一直都没有改变。我很享受寻找和发现灵感的过程，也很享受创造角色，让他们在我脑中逐渐成型，落在纸上，最后成为具有独立人格、生动地活在另一个世界的人。我可以和他们一起快乐一起忧愁，我会思考，根据他们的性格，他们遇到一件事情会有什么样的反应，又绝对不会做出什么样的事情。到我的创作后期，这些都会不可控地、自然而然地在键盘上敲击出来。这个创作的过程和随之而来的成就感，是其他的事情所无法代替的。

写到这里，这篇文章差不多就要告一段落了。如今再回头，我可能要感谢当年那个稚嫩却勇敢的自己，也许要给当时的自己一个拥抱。与其说这是一篇介绍艺术美高的文章，倒不如说是一个简单的成长自传。我知道这个故事会很长很长，无限延伸，直到海岸线最明亮而宏阔的那一端。

致八十岁的自己的一封信

八十岁的刘芮言：

你好！

你现在或许已经老得走不动路，只能坐在椅子上晒着午后的太阳，或许已经老眼昏花，只能戴着老花镜读着老旧的杂志……

可是，你始终要记得，从出生起到十八岁的成人，那些如金子般宝贵而发光的年月。

那年你十八岁，坐在电脑桌前，开始思考自己为什么要写下这篇文字。也可以说是一个专属于你的故事。

“我是谁，我从哪里来，我向何处去。”

时光飞速回溯到三岁那年的夏夜，有一丝闷热的风吹过，小房间的灯光有一点昏暗。你乖乖在床上躺好，眼睛里却闪着期待的光亮，那是晚上睡前必做的事：求着外公给你读《格林童话》中的故事，甚至还常常因为到底应该讲几个故事而发生争执。

玫瑰小姐，穿靴子的猫，玻璃瓶中的妖怪……对，玻璃瓶中的妖怪，是你当时最爱的故事，奇怪的是，三岁的你对最著名的白雪公主、灰姑娘没有任何兴趣，反而对那些并不知名，却个性鲜明而机敏可爱的小角色情有独钟。

或许，那就是你从出生就注定的性格，关注的永远是故事本身有趣而打动人的地方。

当年龄渐长，你开始自己读书，最爱的事变成了独自坐在角落里，一口气读完一本有趣的故事书。你的涉猎范围十分广泛，古今中外，武侠奇幻，没有你不感兴趣的：《城南旧事》，金庸全集，沈石溪的动物小说，《猫武士》，《波西杰克逊》，《明朝那些事儿》……那些个性鲜明，或正或邪的书中角色，仿佛随着书页的翻动，渐渐浮现在你的心头。他们有的唱着笑着，有的尖叫着咆哮着，有的哭泣着沉默着，争先恐后地闯进你的世界，匆匆地和你相聚一会儿，等你觉得已经无法从感情上割舍他们时，他们又随着书页的流逝而慢慢走远，还不忘回头对你说一声："有缘再会！"

每次你放下书，心里总是泛着无限的惆怅和失落。只有你知道那是因为和老朋友的道别。

可能正是因为这种伤感的驱使，你开始拿起笔，写下第一个自己的故事。还记得，那是一个武侠小说，那时的你刚刚看完金庸大师的书，心里对于行侠仗义的一腔热情和对于武林世界的无限向往无处发泄，便化为你笔下一行行奋笔疾书的文字，化为无数个由你创造的有血有肉的人物。

他们像温暖的海水一样流淌过你的心头，把你包裹，让你像鱼一样可以在其中幸福地呼吸。你知道，你不再孤单。

后来，你开始接触到电影。这是一门由现实世界的人物来演绎的艺术。那些曾在脑海中幻想过无数遍的人物，终于在银幕上变得具象化，让幻想变得有迹可循。

那时候你十一岁，正是对英雄有着无限崇拜的年纪，因为看了《碟中谍 4》，你立刻陷入对男主角的扮演者汤姆·克鲁斯的狂热喜爱中。在你心中，他就是一个无所不能的超级英雄。

为了能更多地了解他，你开始去关注他的作品。《壮志凌云》，对你打开新世界的大门。电影中描述的八十年代的美国，落日余晖下宽阔的大马路上驰骋着巨大的机车，海边种着的热带树和滚滚热浪，都成为你心中无法割舍的壮丽景色。

你开始对美国心生向往，于是疯狂地搜索碟片，看了更多的美国影视作品。对于那时的你来说，每一次打开电视，插入光盘，关上窗帘坐在沙发上看完一部电影，都像一场朝圣。而每一次朝圣结束，你都会第一时间拿起笔，写下当时的心境和感想。

那些在百叶窗透过的一道道阴影中闪现的隐秘心事，都化为涓涓细流在纸页上流淌。一篇篇观影感想就此诞生，他们勤恳又生动地记录着你在电影的陪伴下，思想逐渐成熟，眼界逐渐开阔的过程。

当人成熟到一定程度时，便不会再满足于对英雄的崇拜，而是转而寻找一种心灵上的共鸣。

进入高中后的陌生环境，和应接不暇的课本作业，让你无所适从。机缘巧合下，你看了一部又一次改变你的生命轨迹的电影《蓝宇》。这部电影的时间线大部分是在冬天，飘满落叶的北京道路，风干冷又萧瑟。和你每天上学的那条路是不是十分相似？

和小时候一样，你最关注的永远是电影里隐秘的，未曾说出却真正打动人的地方。电影主人公蓝宇细腻又敏感，长长的睫毛和泛着雾气的忧郁眼神，仿佛温柔一棒，重重的击中了你的软肋，你觉得你和他好相似。冥冥中千丝万缕的联系，让当时沉溺在情绪里不可救药的你，找到了理解和共感。

那之后，你便如先前一样，开始关注蓝宇的扮演者刘烨。或许是那部电影的演技真的打动了你，你一改之前的狂热崇拜，开始研究演员的演技和情感表达方式。

慢慢地，你开始看更多小众，难懂的电影，因为它们往往更加考验整个剧组的水准，从导演的讲戏，到演员的演绎，再到后期的制作。你只是从银幕上看到了成果，却不可抑制的想要打开那座巨大神秘的电影工厂的大门，看看一部电影究竟是如何被拍出来的。

为了能扒住这座工厂的大门缝隙，往里多看一眼，哪怕只是微光也好，你只身一人，来到北京，参加电影节，为的不仅是出席电影节的刘烨，更为了会在电影节公映的，那些平时难得一见的优秀电影。

坐在偌大的黑暗的电影厅里，你感觉自己不仅是在看电影，更是身在电影中。那天放映的电影叫《流浪的迪潘》，也许你当时还不能理解影片中讲述的内战和法国黑帮，可是影片中缓缓流动的，隐忍又含蓄的情感却一直被敏感的你感知着。

电影结束，你的眼角已经湿润。虽然空旷的电影院里没有几个观众，你却还是等所有人走空以后，独自坐在座位上擦了擦眼泪。

还记得吗？后来你一个人举着单反去看北京国际电影节的红毯，那天风很大，你站在山坡上看着不远处的灯火通明，群星璀璨，眼睛亮亮的，满脸的仰慕。握着相机的手微微颤抖，黑色的长发和朴素的衬衫被夜风吹得飞了起来，可你浑然不觉，只是盯着远方。

当那个期待已久的身影终于出现在红毯上，你还是没能忍住的失声叫了出来。你在心里对自己大喊："那就是刘烨啊！是我在银幕上看到了无数次熟悉脸庞啊！现在他就在我面前！"

年轻的你，单纯的你，见到偶像激动到不行的你，真好。

只有经历了真正的内心战，和自己不停的对话，不停地推倒重建，经历过内心真正的改变，才能做到不自负，不迟疑，也不矫情。

毅然决然地来到美国留学，坚强地度过了最开始的孤独和思乡。无数个不眠之夜堆积出了一个新的你。这时的你，内心已经强大了许多。那些细微的脆弱和偶尔的伤感都被你小心地折叠好，隐藏在心底。你告诉自己，已经是大人了，要学会让自己快乐，永远沉浸在自己情绪里的人便永远只能做小孩。

于是，专业学习之余，你开始了解到 K-POP，韩国流行音乐，通常伴有精彩绝伦的舞蹈和表演，你很快入迷。这时的你还没有意识到，你已经进入青春的中期，开始喜欢年轻人们喜欢的新潮事物，也享受青春偶像们帅气的脸蛋和舞蹈。

那时你的偶像是韩国顶尖组合 EXO 成员朴灿烈，他除了帅气阳光外，还精通许多乐器与运动，架子鼓，钢琴，滑雪，保龄球……为了他，你又如过去一样，只身来到陌生的国度——韩国，只是为了亲临一场他们的演唱会。

看演唱会是你解压的最好方式，在人山人海的呐喊欢呼和此起彼伏的壮丽灯海中，经历了那种疯狂和畅快淋漓，终于，你又一次感受到那种儿时的久违的感觉，被温暖海水包裹着的鱼，每一口呼吸都是幸福的。

从小追星到大，你当然不甘于只是坐在台下为他呐喊尖叫。为了让自己变得更好，足以向偶像看齐，你开始在课余时间学习爵士舞和健身。你也曾一度被平凡的外貌和微胖的身躯打击过，自卑让你止步不前。可是，无数次在练习室和健身房挥洒的汗水，逐渐变得有线条的身体和有光泽的皮肤，让你觉得自己微弱的光芒又明亮了一点点。那时的你知道自己是真的快乐。

静下心来的时候，你在思考，现在的自己和以前有什么不同。答案就是，你的脆弱再也不能击垮你，却反倒让你学会反思，并利用脆弱更加进步。

你知道你在人前的快乐与自在是真实的，也相信自己内心深处的脆弱和敏感是真实的。正是这些矛盾，让你更加优秀。

如果这个世界上人和人真的有什么高低之分，那比的就是谁内心里真正的快乐更多，谁更自由。

写到这里，回首相望，不知不觉，你已经从一个小时候吵嚷着要听故事的小孩，变成了一个有着自己的故事的成熟高中生。这样的转变，是不是很神奇？

也许活了八十岁的你，看到这些十八岁时的想法，会嗤笑一声，又或许会露出赞许的微笑。现在的我想不出来，也不想知道。我始终觉得，人活的就是经历，如果要说我对未来有什么态度的话，那就是期待，不是担忧和焦虑。未来永远不可知，快乐是体验，痛苦也是体验。

我知道，我未来也许还会有心碎的时候，但我的灵魂却因为这些平凡的，晦暗的，闪光的岁月而永远完整。

那么，再见啦！

十八岁的刘芮言

2018.6.28

Fly DREAMER

Dream School

- Columbia University
- New York University
- University of Southern California

Preparations

- Report Card
- Refererence Letter
- Sample Reels

	M	T	W
7:00	Get up!	Get up!	Get up!
8:30	Library	Watch movie	Academic training
12:00	Lunch	Movie review	Lunch
14:00	Report	Lunch	Library
16:00	Watch movies	Gym	Watch movie
19:00	Dinner	Dinner	Dinner
21:00	Bath	Bath	Gym

WONDERFUI LIFE ♥

Postscript
No.4

后 记

“愿你在迷茫时，坚信你的珍贵，爱你所爱，
行你所行，听从你心，无问西东。”

女孩：愿你触摸更美的星辰，愿你采撷更多的雏菊

如果我能够重来一次……
我不会考那么高的分数，
除非是一不小心。
我会多骑些旋转木马。
我会采更多的雏菊……

——（美） 纳丁·斯特尔

你曾担心孩子输在起跑线上吗？

不要说没有；除非你不是中国家长。

而我，也曾经是一个充满迷茫的妈妈，拉着女儿的小手，奔走于各个培训机构，和无数标准式“中国家长”一样，一路“打怪升级”，为择校癫狂，为分数崩溃。

直到写这篇文章前，我还一直在纳闷：后来，到底是什么改变了我？我为什么会在唯一的女儿年仅 16 岁的时候，就忍痛把她放飞到大洋彼岸，在美国南加州一座海拔四百多米高的大山上学习电影艺术？对一个出自普通工薪阶层、家中没有任何电影背景的女孩来说，这无疑是一条异常艰辛、前程未卜的路。她原本可以安逸地待在国内，走一条虽然同样艰辛但可掌控的高考之路，过一种舒服稳妥的生活。这是两条迥异的路：一条平坦无忧，家长全程可控；另一条充满未知和风险，全靠孩子去闯。我，为什么会支持女儿走上更艰难的这条路呢？我，又是从何时开始，从女儿身前指手画脚的带领者，变成了今天身后默默的跟随者？

一个中国妈妈的涅槃之路，得益于一个女儿的“苦难斗争史”。

萌：无心的柳

女儿出生于千禧年，寄托着我和先生的全部希望，和许多初为人父母的家长一样，我们从小就对她进行快乐的素质教育：芭蕾舞、钢琴、画画、游泳、羽毛球、英语等等，一项都不想落下。然而，芭蕾舞练了不到一个星期，以她的持续哭泣草草结束；钢琴虽然练到了小学五年级，但成为她童年最痛苦的噩梦（因为钢琴不知挨了多少打，你们懂的）；画画是她所爱，但我不愿她在美术方面发展，最后也没有坚持下来……小时候的培优班，除了运动方面是她比较喜欢的，英语是我靠“淫威”强逼她坚持下来的以外，其余都无疾而终。所以，那时的我根本看不出女儿有什么艺术天赋，我只期望着她能有数学天赋，弥补我理科不佳的遗憾。

现在回想起来，女儿之所以与电影结缘，似乎冥冥之中早有定数。她在 6 岁之前，基本上由外公外婆带着长大，外公外婆家离湖北洪山礼堂银兴电影院不到 500 米。在银兴，我带着年幼的女儿几乎看遍了所有上映的国内国外的动画片，这成了她童年最美好的回忆。上小学后，她回归到我们的三口之家。不久之后，在我们家不到 500 米的地方，又开起了两家电影院。我们母女俩成了这两家电影院的常客，基本将她成长期间上映的中外好电影一网打尽。

这还不算，女儿从小就喜欢跟着我追剧，而且小小年纪就显现出追星的潜质。4 岁时跟着我追电视剧《流星花园》，成为 F4 的小迷妹（尽管她现在坚决不承认，想抹去这段“黑历史”）；5 岁时和我一起为超女疯狂“打 Call”，我是张靓颖的拥趸，她是李宇春的超粉，常常逼迫我给李宇春手机投票；后来她又喜欢上了许多动画人物形象；上初中后，因为《碟中谍 4》，她将汤姆 · 克鲁斯奉为神一般存在的人物，谁说他不好就跟谁急——这是她迄今为止，第一次承认自己追过的星。因为克鲁斯，她去了一趟《碟中谍 3》在中国的拍摄地“朝拜”，给他写了一封未寄出的英文信，写了平生第一篇影评《遗落战境》。之后，她的追星轨迹掠过刘烨、梁朝伟、王家卫、黄景瑜，直到现在的韩星朴灿烈。

从小到大，每一部影片、每一个她追过的星都给了她成长的思考、感动、欣赏以及艺术的积累。小学时，她写了一篇文章《我是一个容易感动的人》，里面的文字历历在目：“我，是一个喜欢音乐的人。我，是一个喜欢电影的人。我，是一个容易被感动的人。感动是什么，也许是不经意间自己滑下的一滴泪；也许是耳边响起的一段动人心魄的音乐；也许是电影里某个触动心弦的镜头……”

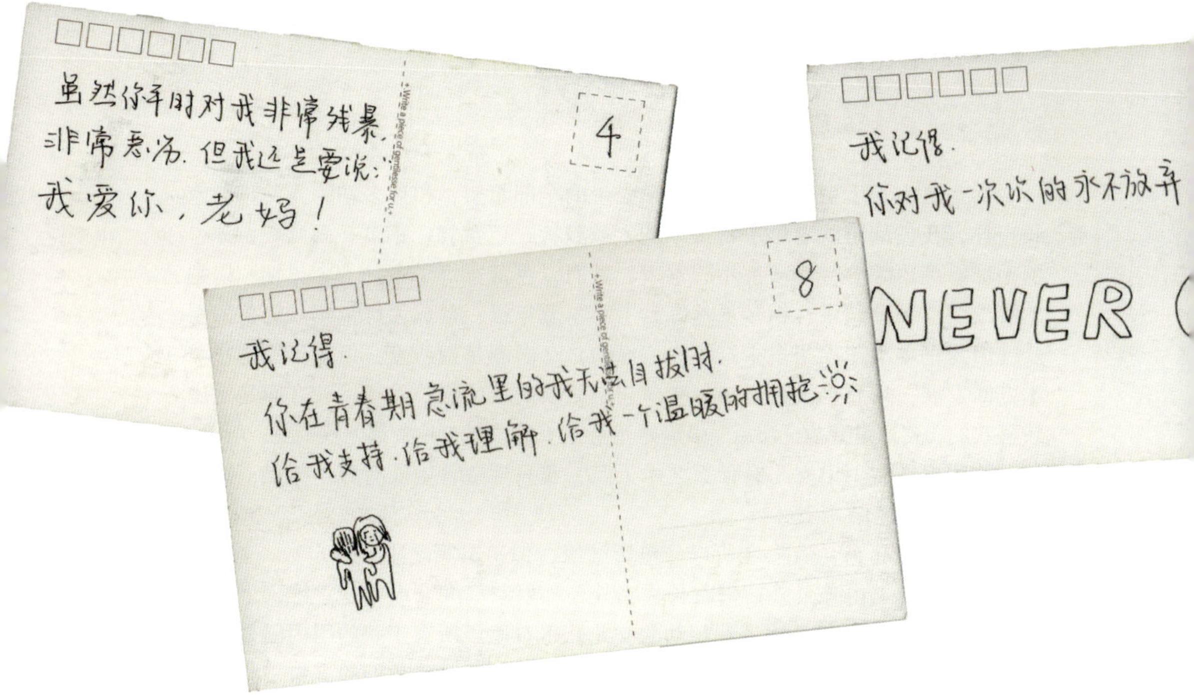

然而，快乐的童年不可能永远与光影相伴，在她即将升入小学六年级时，我们投入到了一场轰轰烈烈的小升初之战。我们的目标是武汉外国语初中，一所在大家心目中提倡素质教育的名校，然而，素质教育也离不开升学考试，而考试的三门科目中，数学考的是奥数。在此之前，奥数是我心目中扼杀孩子快乐童年的怪物。大多数孩子最迟三年级就开始在外系统培训，并年年参加各种奥数比赛。女儿却一直仅仅只是接触，有一搭没一搭地学了一段时间。为了“冲外”，我们只得一头扎到著名的“学而思”，开始了一年艰苦卓绝的奥数培优。可真的就输在了起点上，女儿“冲外”以几分之差折戟而归。而这几分就输在奥数上，由此我也发现她真的没有数学天赋。

值得庆幸的是，最后她被武汉另一所名校——武珞路实验初级中学录取。在这所被武汉的许多家长和学子视为“魔窟”、将应试教育发挥到极致的学校，女儿因为遇到了她人生的第一位贵人，竟然过得如鱼得水、灵气四溢。这位贵

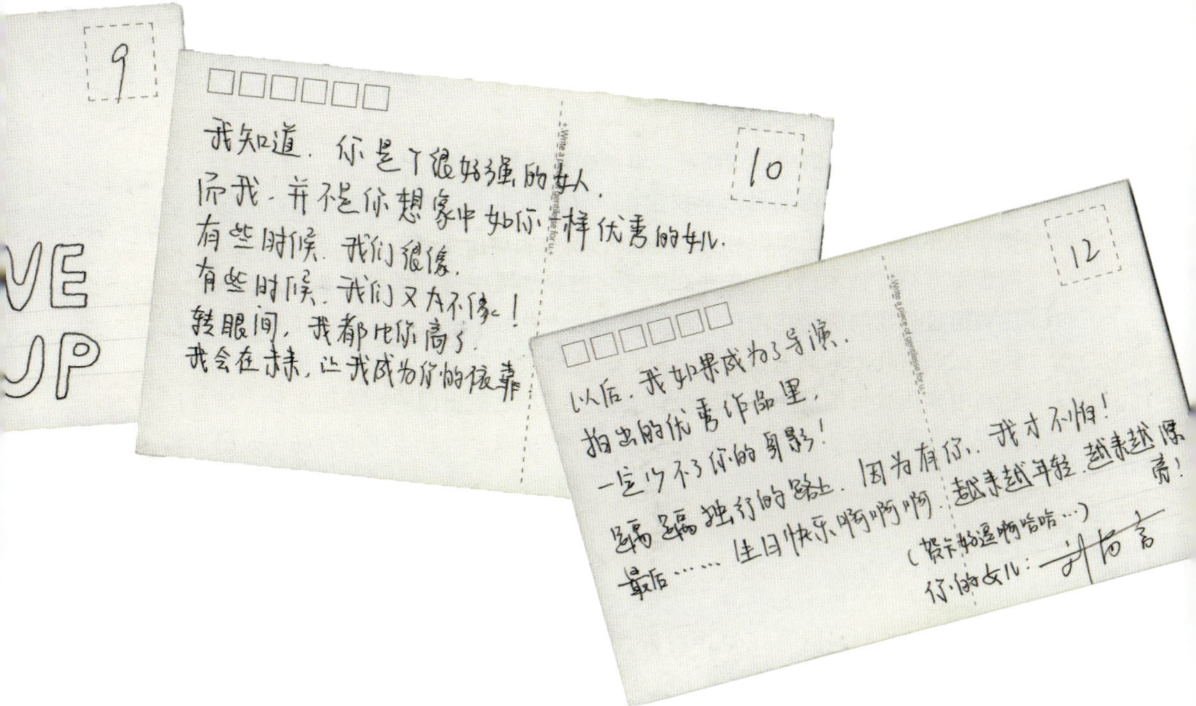

人是她的语文老师熊老师，因为他不教死书，不拘一格、活泼幽默的教学风格；因为他在紧张的三年初中生活里给学生们布置了大量的阅读课程，甚至让孩子们在课堂上读金庸；因为他提倡快乐作文、情景作文，让孩子们写了大量不同于课内“八股文”的课外作文，所以备受女儿喜爱。他不仅真正开启了女儿文学上的追求，而且教会了她认识自己、思考人生。至今我总想起，当初一的女儿为了偶像汤姆·克鲁斯的新作《遗落战境》写下第一篇影评时，熊老师对这篇影评由衷地高度赞赏，并且当作范文在整个年级评讲传阅；想起他对女儿优秀作文的逐句解读；对她作文中表现出的镜头感和灵气闪现的文采毫不掩饰的欣喜。这些极大地激发了女儿的自信心，她开始坚持写影评，为她感动的电影人物写下自己的鉴赏与思考，在电影中体会人生的酸甜苦辣、喜怒哀乐。

就这样，紧张到疯狂的初中三年，因为电影梦的破土而出，她的目标越来越清晰而坚定。我也开始理性地审视她的长处和劣势，真正找到了她的天赋所在——那就是对文字、镜头的理解，对生活细节、对人的高度敏感，而这恰恰是电影艺术最宝贵的本质。为了保护这份天赋，我决定把她从浩瀚的题海中解救出来，放弃残酷的中国式高考，继续在素质教育中探索。

于是我们把中考的目标学校定在了（一所由武汉外国语学校创办的国际学校）武外英中最牛出国班 IB 班。然而，要考上这所著名的国际高中，依然是如同千军万马过独木桥。首先要在中考之前参加英中自己举行的笔试、面试，之后再通过外校的资格生考试，最后在中考中分数上外校录取指令线（这一分数线在武汉市九大名高里稳居前三甲），才能被正式录取。也许是被我描绘的国际高中素质教育的蓝图吸引，也许是为了三年之后出国圆她的电影梦，她竟然拼全力一一将这几关拿下，最终被武汉外校录取，一吐当年小升初失败的“恶气”。

花：错里藏着的对

可谁能想到，国内 IB 高中对艺术领域投入比较小，对实现她的电影梦基本没有帮助，她的负面情绪逐渐上涨。

这一年，作为母亲，我也是在痛苦焦虑中度过的。我不知道我帮她选择的出国之路错在哪里，我也不知道，作为一个普通的有着执着电影梦想的女孩，在国内的教育体制下，该如何去实现这种艺术梦想？更令我沮丧的是，周围的环境中几乎没有对“女孩学电影、当导演”这个梦想的支持者，大家都认为对普通人家的女孩来说，这几乎是一条水深火热之路，搞不好就把孩子搞丢了！而女儿这一年的状态，让我也开始怀疑她对电影到底是不是真爱，毕竟看电影写影评是快乐轻松的，拍电影当导演却是艰苦卓绝的，不仅仅是喜欢，而是要热爱如生命才可能坚持下去。

真的是命运使然，在这个节点上，女儿又遇到了一位贵人。这位贵人我至今不知道她的真实姓名，只知道她的微信名叫闻心，是我在外校家长的一次小型聚会上认识的。听说她的儿子在美国的一所寄宿艺术高中就读，而她当年综合分析了国内 IB 班和美国艺术高中的利弊后选择了后者。我像找到了救星，把自己和女儿的苦恼与迷茫一股脑向她倾泻而出。闻心很认真地听完我的倾诉，然后告诉我，其实 IB 学习系统中是包含艺术这个领域的，但是在中国计划留学的孩子中，艺术生非常小众，所以一般的国际高中 IB 课程根本没开设艺术这个类别，只有上海的一家国际中学开放了 IB 艺术课程，也就是说，学 IB 的孩子要想申报美国大学本科的艺术类，需要自己额外去完成有关艺术课程和作品的要求。听完后我的心为之一冷，让一个孩子既要完成IB各门课程的全球统考、标准化考试及各种课外活动，再加上准备自己爱好的艺术作品集，这难度有多大？关键是，电影编导不同于美术类，国内机构几乎没有专业性培训，除了让家长出一笔昂贵的费用帮助孩子拍一部短片，功利性地报考美国大学外，对孩子艺术素养的熏陶和培养没有真正的帮助。

闻心接着又给我介绍了他儿子所在的美国艾德怀寄宿艺术高中，该校不仅有电影专业，而且每年暑假有电影夏校，她提议让孩子去试一下，看看电影是否真是她兴趣所在。这个提议让我眼前一亮，之后在闻心的热心帮助下，女儿在2016年的那个夏天，独自一人奔赴到万里之外的那所艺术高中，找寻心中最真实的声音。

从最开始的写剧本到组团队选角色把自己和队友的剧本拍成短片，再经过后期剪辑、电脑特效，到最后在学校所在的小镇电影院播放出来。这段经历女儿每天都图文并茂地记录在日记里，通过微信发给我。百感交集的我在这些真实的图文中，终于看到那个久违的阳光、自信、笃定、灵气四溢的女儿！更关键的是，那份对电影艺术的火热执着在这紧张、兴奋、劳累的20天里得到了验证。我的心又“咯噔”一下沉了下去！

依我对女儿的了解，她又要惹大事了！果然，在夏校接近尾声的时候，她对我提出要报考这所艺术高中。要知道，作为全美仅有的三所寄宿艺术高中之一，艾德怀高中的学费生活费每年高达40—50万人民币，这对于我们这个普通工薪阶层家庭来说，完全是生命中不可承受之重。我不想打击女儿的积极性，让她先和校方沟通一下，看看难度有多大。谁知，当梦想的希望之光在眼前时，这个小女孩身上迸发出了巨大能量。凭着在夏校中优秀的表现，她很快取得了校方的认可，并直接在学校通过了语言类考试，而不用再提交托福成绩。之后她找到夏校的一位祖籍中国台湾的老师为她写了推荐信，提交了自己在夏校导演的作品。

也就是说，在回国之前，她基本完成了所有的申请手续，只差父母的强力支持。何去何从，这对我们家庭来说，绝对是个艰难而重大的抉择。从小带女儿长大、对女儿有求必应的外公是女儿最有力的支持者，马上提出把自己的房子卖了提供出国“炮弹”。我和先生却犹豫不定，痛苦纠结了整整半个月。抛开如山般的经济压力不说，把一个从未离开父母家人怀抱，从小被保护得妥妥帖帖的16岁女儿，就这样放飞到一个遥远陌生的异乡之地，这份巨大的心理压力也是我们不可承受之重呀！

穗：一切弯路都是最好的安排

在我们最最痛苦纠结时，女儿发给我的一条微信一下击中了我的内心："妈妈，我自己选择的道路，即使是跪着，我也会走下去！"在泪眼蒙眬中，女儿从小到大闪现出的艺术之光如电影镜头般一幕幕浮现在眼前：4岁带她第一次泡温泉，看着沸腾的人群和氤氲的水面，她脱口而出："这才叫生活！"10岁时，老师布置了一篇命题作文《我是……人》，她写出"我是一个容易感动的人"。12岁参加武汉市楚才杯作文竞赛，发自内心地写出了《致电影的一封信》，而一扫奖荒的局面。13岁时，初中班主任老师对我抱怨，她听讲时总喜欢走神看窗外，问她看什么，她说："没看什么，我在思考。"我忧心忡忡，熊老师却说女儿是跳跃性思维，如同电影镜头的瞬间闪现，她无法集中在一点上，这也是她的长处之一。15岁初三毕业之际，女儿饱含深情地写了一篇《时间刻度》，用镜头闪现的手法描绘出她所在的初三（14）班每一个动人的画面。在同学留言纪念薄中，她又用镜头般的画面和语言，向全班同学留下豪言，"未来的好莱坞大导演刘芮言在此"。

这一幕幕翻滚的画面应和着那句"我跪着也会走下去"强烈地撞击着我、感动着我。难以想象，如果让她放弃自己深爱的电影，在国内循规蹈矩地报考一个美国大学，未来变成一个统计员、药剂师的画面会是怎样。那么与其让她一辈子郁郁寡欢地活着，还不如放手一搏，让她努力接近真实的自己，活成想要的模样！

我很快把自己的内心独白传递给了先生："我们这一代人由于环境使然，都屈从于父母的意志，大多选择了自己不喜欢的生活和专业，如果下一代又重复我们的老路又有什么意思？孩子的生活父母不能代替她选择，让她更快乐地做自己，找到自己真正想要的是什么，不虚度时光与人生，便是我们为人父母最大的幸福。"先生很快读懂了我的良苦用心，他用最快的速度将我们在武汉光谷的一套学区房卖掉，为女儿提供了留学保障。

放飞了女儿，却留下无尽的牵挂和忧心。特别是当她向我倾诉，去美国的头半年，她因为孤独无助是如何夜夜流泪到天明；电影系的导演专业是如何艰难困苦，为了拍好一个镜头，她多少次被山上奇低的温度冻僵，几次差点跌下悬崖被蛇咬……这些都如蚂蚁噬心般撕扯着为母之心。但值得欣慰的是，无论多苦多累多么孤独，她从未反悔，不言放弃。倒是我每每为她的选择摇摆不定时，她总是给我打气：“妈妈，我的目标是有一天捧着奥斯卡最佳导演的奖杯，向全世界宣布我的存在。”我打趣她说，那到时候的获奖感言一定要说：“感谢我的妈妈，她当年是如何支持我追求梦想……”她开心地哈哈大笑，说我真是个虚荣的妈妈！

虚荣也罢，开玩笑也罢，反正这是我和女儿定下的一个宏伟目标，万一实现了呢？

回首前路，女儿步履蹒跚的追梦之旅，也是我一路涅槃的成长之路。从当初那个只知道“设计”女儿未来的懵懂妈妈，到现在这个敢于放手，敢于让女儿自由勇敢去追梦的清醒妈妈，我终于慢慢知道：生命理应是一个自我探索过程，正如美国著名诗人纳丁斯特尔在 87 岁高龄时所写的那首诗一样：如果我能从头活过，我会试着犯更多的错，我会冒更多的险……采更多的雏菊。如果说，有一天我也有机会站在台上，那么，我的获奖感言可能会是：“谢谢女儿，是你用成长的代价，让我学会做妈妈！”

好在一切都还来得及。最后，我想以 2017 年最感动我的电影《无问西东》中的台词作结：“愿你在迷茫时，坚信你的珍贵，爱你所爱，行你所行，听从你心，无问西东。”

留学花花同学录

同学录手册

我和我的同学们

Autographs

Rio Liu.

一年以来.你的风格一直在改变
但是人还是一样.希望你明年
可以做出让你心满意足的电影.
Thank you for everything. — Linhan Fu

Rioooo I love your
dance video ♡ [:)] ♡
good luck next year!
Hope you'll make an
amazing movie! Sorry
I can't write Chinese
LoL — Janice ♡♡♡

多干活,少关心外表
加油,可以看出你心里是
有很多东西的.

李沅澍
Yuanshu David Li

To.
Rio ♡

Awww! Rio —
I can't wait to be with you
as a roommate!
I am really exciting about
being roommate with u.
I am glad that you are
my friend ♡ I ♡ ya —
Hope u will have nice break!
And meet in korea! hopely...
Let's contact each other
during the break!
Have fun in Korea
and the whole break!
See ya soon!
— Lovely, Soo.

Broken heart ♡ → #Emilia. Thanks.

Emilia

Autographs

Hello dear almost ex-roommate.

I love you so much.

I loved the time that we had together as roommates and friends.

Never stop dreaming, and you'll succeed in whatever you want to do. Thank you for everything. ♡.

Hope you can marry with ~~Kodak Portra~~ chanyeol ♡.

SAY to ashby to shut up.

Hope you like your next roommate lol.

I'm gonna miss you very much ♡♡♡.

Tamma Bitzve Shavie ♡ lol

And I'm gonna miss the person who says that my laugh sounds like a farm ☺

Stop saying ~~who~~ how handsome Patrick, Yan, Me ♡ ~~Xander~~ Wang is "LMAO"

Fuck it took me like an hour to find out his name "LOL"

LOVE YOU very MUCH ♡.

You're better to dedicate the Oscars to me OKAY??? MUCH Love emy ♡

图书在版编目(CIP)数据

梦想，一言为定：一位文艺少女的逐梦之旅 / 刘芮言著.

—武汉：长江出版社，2018.9

ISBN 978-7-5492-6026-3

Ⅰ.①梦… Ⅱ.①刘… Ⅲ.①散文集—中国—当代 Ⅳ.①I267

中国版本图书馆 CIP 数据核字(2018)第 222706 号

梦想，一言为定：一位文艺少女的逐梦之旅 / 刘芮言 著

出　版	长江出版社 （武汉市解放大道 1863 号）
市场发行	长江出版社发行部
网　址	http://www.cjpress.com.cn
责任编辑	钟一丹
特约编辑	丁小美
装帧设计	龙爪爪
印　刷	武汉精一佳印刷有限公司
版　次	2018 年 9 月第 1 版
印　次	2018 年 10 月第 1 次印刷
开　本	700mm×1000mm　1/16
印　张	7
字　数	80 千字
书　号	ISBN 978-7-5492-6026-3
定　价	26.80 元